असफलता की ऐसी की तैसी

संजीव शाह

अनुवाद
वीरेन्द्रनारायण सिंह
राजेश सिंह क्षत्रिय

राजकमल पेपरबैक्स

राजकमल पेपरबैक्स में
पहला संस्करण : जनवरी, 2023
दूसरा संस्करण : अगस्त, 2023

राजकमल पेपरबैक्स : उत्कृष्ट साहित्य के जनसुलभ संस्करण

राजकमल प्रकाशन प्रा.लि.
1-बी, नेताजी सुभाष मार्ग, दरियागंज
नई दिल्ली-110 002
द्वारा प्रकाशित

शाखाएँ : अशोक राजपथ, साइंस कॉलेज के सामने, पटना-800 006
पहली मंजिल, दरबारी बिल्डिंग, महात्मा गांधी मार्ग, प्रयागराज-211 001
वेबसाइट : www.rajkamalprakashan.com
ई-मेल : info@rajkamalprakashan.com

विकास कंप्यूटर एंड प्रिंटर्स
ट्रॉनिका सिटी-201 102
द्वारा मुद्रित

मूल्य : ₹199

ASAFALATA KI AISI KI TAISI
by Sanjiv Shah
Translated by Virendra Narayan Singh, Rajesh Singh Kshatriya

ISBN : 978-93-95737-95-1

संजीव शाह

संजीव शाह 'ओएसिस मूवमेंट' (इंडिया) के संस्थापक सदस्य हैं। उन्होंने व्यक्तित्व निर्माण एवं सामाजिक विकास से सम्बन्धित 100 से अधिक पुस्तक-पुस्तिकाओं का लेखन किया है, जिनकी लगभग 20 लाख प्रतियाँ प्रकाशित हो चुकी हैं। अंग्रेजी तथा कई भारतीय भाषाओं में उनकी पुस्तकों के अनुवाद हुए हैं। वे विद्यार्थियों तथा विभिन्न सरकारी संस्थाओं के लिए लीडरशिप कार्यक्रमों के प्रशिक्षक रहे हैं। किशोरों और युवाओं के लिए उन्होंने सलाहकार व मार्गदर्शक की महती भूमिका निभाई है। आयुर्वेद, दर्शन व अध्यात्म में उनकी गहरी रुचि है।

ई-मेल : sanjiv@oasismovement.in

वीरेन्द्रनारायण सिंह

पेशे से अध्यापक रहे वीरेन्द्रनारायण सिंह लेखन, अनुवाद और सम्पादन कार्य में सक्रिय हैं। उनकी कई पुस्तकें और अनुवाद प्रकाशित हैं। उनके साहित्यिक योगदान के लिए उन्हें विभिन्न पुरस्कारों से पुरस्कृत किया जा चुका है।

राजेश सिंह क्षत्रिय

राजेश सिंह क्षत्रिय लम्बे समय तक अध्यापन कार्य से जुड़े रहे। अब सेवानिवृत्त। वे लगभग पच्चीस वर्षों तक लेखन और अनुवाद से जुड़े रहे हैं। एक ई-बुक प्रकाशित।

क्रम

प्रस्तावना : असफलता विद्यार्थियों की या शिक्षा व्यवस्था की? 9

परीक्षा की ऐसी की तैसी!

'परीक्षा की ऐसी की तैसी' किसलिए? 15

- ये लक्षण किस रोग के हैं? 17
- टेंशन...टेंशन...टेंशन...! 18
- मछली की परीक्षा पेड़ पर चढ़ने की! 23
- पृथ्वी चौकोर ही है 25
- दोस्तो, तब करेंगे क्या? 26
- मम्मी-पप्पा समझते क्यों नहीं? 27
- शिक्षक डॉक्टरों से निम्न स्तर के हैं? 28
- कोई राह न सूझे तो आत्महत्या? 29
- मूर्खों से हार मान लेना? 30
- बॉस, सबकी यही दशा है! 31
- जरा सोचो, दोस्तो! 33
- ये लोग महान कैसे बने? 35
- सावधान, अच्छी तरह समझिएगा! 37
- तो यह है बात का सार! 39

रिजल्ट की ऐसी की तैसी!

सचमुच 'रिजल्ट की ऐसी की तैसी' करनी चाहिए? 47

- महात्मा गांधी 49
- अल्बर्ट आईंस्टाइन 51
- थॉमस अल्वा एडीसन 53
- चार्ल्स डार्विन 55
- श्रीनिवास रामानुजन 57
- विंस्टन चर्चिल 59
- अब्राहम लिंकन 61
- चार्ल्स डिकेन्स 63
- रवीन्द्रनाथ ठाकुर 65
- बीथोवन (लुडविग वान बीथोवन) 67
- वॉल्ट डिज्नी 69
- जॉर्ज बर्नार्ड शॉ 71
- मार्क ट्वेन 73
- मेजर ध्यानचन्द 75
- उस्ताद बिस्मिल्ला खाँ 77
- लता मंगेशकर 79
- अमिताभ बच्चन 81
- सचिन तेन्दुलकर 83
- आमिर खान 85

एक पिता का माफीनामा

- एक पिता का माफीनामा 87
- मेरे प्यारे बच्चो 89

- कितने माता-पिता इतने कमनसीब होंगे! 91
- मैं तुम्हारा अपराधी हूँ 93
- आसान नहीं है इस सत्य का अनुसरण करना 119

परिशिष्ट

परीक्षा शिक्षा की!

सभी शिक्षित करें सवाल! 123
- शिक्षा कहती है... 124
- शिक्षा का उद्देश्य 125
- विद्यालय और व्यवस्था 133
- पाठ्यक्रम 139
- शिक्षा पद्धति और शिक्षक 145
- अनुशासन और सजा 151
- परीक्षा और परिणाम 157
- अन्य 163

प्रस्तावना

असफलता विद्यार्थियों की या शिक्षा व्यवस्था की?

एक अनुमान के अनुसार, भारत में प्रतिवर्ष लगभग ढाई लाख लोग आत्महत्या करते हैं, जिसमें विद्यार्थियों का अनुपात 6% से 7% है। 2015-16 के 'नेशनल क्राइम रेकाड्र्स ब्यूरो' की रिपोर्ट के अनुसार उस वर्ष लगभग 9,000 विद्यार्थियों ने आत्महत्या की। इसका तात्पर्य यह हुआ कि हमारे देश में प्रति घंटे एक तरुण या युवक या युवतियाँ पढ़ाई या पारिवारिक दबाव के कारण अपने जीवन का अन्त कर देती है, परन्तु यह मान लेने की भूल मत कीजिएगा कि ये सभी पढ़ाई में कमजोर होंगे, इसलिए आत्महत्या करते होंगे। अभी हाल ही में लोकसभा में मानव संसाधन विकास मंत्री की ओर से यह जानकारी दी गई थी कि आई.आई.टी., आई.आई.एम., एन.आई.टी. जैसे प्रीमियर संस्थानों में भी 81 विद्यार्थियों ने आत्महत्या की है।

जरा कल्पना कीजिए कि हर घंटे एक विद्यार्थी आत्महत्या करता है, इसका अर्थ क्या हुआ? यह तो सीधी-सी बात है कि आत्महत्या करनेवाले विद्यार्थी का मानसिक स्वास्थ्य ठीक नहीं है। इस मानसिक कमजोरी के लिए कौन-से कारण जिम्मेदार हैं? क्या स्कूल और परिवार, शिक्षा-व्यवस्था और सामाजिक वातावरण इसके लिए कारणभूत नहीं हैं? सामान्यतया आत्महत्या का ऐसा कोई भी मामला परिवार एवं सम्बन्धित शिक्षा संस्थान के लिए आघातजनक होता है। इसका अर्थ वैसा ही हुआ

कि हम विद्यार्थियों के साथ जो कर रहे हैं, उसके प्रति न तो हम सजग हैं यानी कि हमारे बालकों पर पड़ रहे दबाव का उनके मानस पर क्या असर पड़ता है और उसके कितने भंयकर दुष्परिणाम आ सकते हैं उनसे बिलकुल अनभिज्ञ हैं। और तो और इसके लिए कोई आत्मचिन्तन भी नहीं करना चाहते हैं। आत्महत्या करनेवाले विद्यार्थी का परिवार या स्कूल भले ही अपराधभाव, शर्म या पछतावे की भावना अनुभव करे, परन्तु वर्तमान समाज की परिस्थिति में कोई उल्लेखनीय सुधार नहीं आया है। जिस उम्र में बालकों को खिलना चाहिए, उसमें वे मुरझा जाते हैं। जिन शिक्षण संस्थाओं को बालकों के विकास हेतु कार्यरत होना चाहिए, वे ही बालकों का गला घोंट रही हैं। बेलगाम ट्यूशन के धन्धे ने उसमें और वृद्धि की है। ऊँची फ़ीस भरकर ट्यूशन क्लास जाओ और फिर 'पैसा वसूल' करने के लिए सन्तान को सूली पर चढ़ा दो, वैसा ही अभिगम बन गया है न?

इस समय हमारे सामने यह समस्या और चुनौती है कि प्रति घंटे सम्भावनाओं से परिपूर्ण एक कोमल जीव को आत्महत्या से कैसे बचाना है? क्या जो परिवार अपनी सन्तान सदा के लिए खो बैठा है, उसे ऐसा हो जाने के बाद ही चिन्ता करनी है? परन्तु वहाँ तो दूध डुल जाने की बात है, उनके पास तो अफसोस के सिवा दूसरा कुछ भी बचा नहीं होता। हाँ, यदि माँ-बाप जाग्रत बनें तो परिवार के अन्य बालकों पर से यह भयानक भार कम हो, परन्तु चिन्ता तो हमें उन बालकों की करनी है जिनके सिर पर आत्महत्या करने के अपवित्र निर्णय की तलवार लटक रही है। समस्या के मूल को समझे बिना हम ऐसा किस तरह कर सकेंगे?

विद्यार्थियों की आत्महत्या के पीछे का मूल कारण है—असफलता का डर। असफलता के मानदंड भी अत्यन्त विस्तृत हैं। परीक्षा में फेल हो जाने का डर, 95% के बजाय 90% अंक पाने का डर, परीक्षाफल आने पर माता-पिता द्वारा डाँटे जाने या पीट जाने का डर, स्कूल में

बेइज्जत होने का डर, मित्रों द्वारा हँसी उड़ाने का डर...इस तरह यह डर अनेक रूप धारण करता है, परन्तु इन सबका मूल विद्यार्थियों में असफलता की भावना है।

इस पुस्तक का उद्देश्य विद्यार्थियों में इस भावना का सामना करने की समझ विकसित करना है ताकि उनको आत्महत्या जैसे गलत निर्णय की दिशा में जाने से रोका जा सके, साथ ही उन्हें जीवन के प्रति सकारात्मक सोच सिखलानी है।

पुस्तक का प्रथम विभाग है, 'परीक्षा की ऐसी की तैसी'। ऐसा कहा जाता है कि हमारी शिक्षा-व्यवस्था अब 'परीक्षा-व्यवस्था' बन गई है। बस, मानो शाला-कॉलेज में परीक्षा दो और उच्च मार्क्स-ग्रेड की दौड़ में दौड़ते रहो, यही शिक्षा हो गई है। इस विभाग में विद्यार्थियों को सम्बोधित करके, उनकी काउंसिलिंग करके उन्हें ऐसा समझाने का प्रयास किया गया है कि परीक्षा कभी भी जीवन का अन्त नहीं है।

दूसरा विभाग 'रिजल्ट की ऐसी की तैसी' में कतिपय सुप्रसिद्ध महानुभावों की पढ़ाई तथा परीक्षा में खराब प्रदर्शन के बावजूद उनके जीवन की उच्च सफलताओं को बताया गया है। ये उदाहरण विद्यार्थियों में जीवन एवं सफलता के प्रति सकारात्मक अभिगम विकसित करने में प्रेरक सिद्ध होंगे, ऐसी आशा है।

तीसरा विभाग माता-पिता द्वारा बालकों के प्रति किस तरह का अभिगम अपनाया जाना चाहिए, यह एक प्रतीकात्मक पत्र के स्वरूप में है, जिसमें एक पिता अपनी सन्तानों से माफी माँग रहा है। ऐसी आशा है कि इसे पढ़कर माता-पिता, शिक्षकगण तथा अन्य बुजुर्ग अपने बालकों से वाकई में माफी माँगें या न माँगें, परन्तु कम-से-कम अपने बालकों के प्रति थोड़ी समझदारी भरा अभिगम अवश्य अपनाएँगे। बुद्धिमानी इसी बात में है कि इससे पहले कि बहुत देर हो जाए, हमारे घर में कोई भयंकर घटना घटे, उससे पहले हम सचेत हो जाएँ।

इन तीन विभागों के अतिरिक्त पुस्तक में एक परिशिष्ट दिया गया है—'परीक्षा शिक्षा की'। आशा है कि विद्यार्थी, माता-पिता, शिक्षक और विशेष रूप से शिक्षाविद् वर्तमान शिक्षा व्यवस्था के परीक्षा-व्यवस्था बन जाने को लेकर प्रश्न करना शुरू करेंगे। अब, प्रश्न पूछने का समय आ गया है। आज प्रश्न उठेंगे तो कल परिवर्तन आएगा।

इस पुस्तक के सभी विभाग अलग-अलग पुस्तिका के रूप में गुजराती भाषा में प्रकाशित हुए थे, जिनके आधार पर गुजरात राज्य में 'ओएसिस' संस्था की ओर से एक बड़ा अभियान चलाया गया। इन पुस्तिकाओं की 2,50,000 से अधिक प्रतियाँ छपवाकर सैकड़ों स्वयंसेवकों द्वारा स्कूलों में इनकी चर्चा की गई और इसे विद्यार्थियों में निःशुल्क वितरित किया गया। अनेक विद्यार्थियों ने यह स्वीकार किया वे आत्महत्या का विचार बना चुके थे और इस मार्गदर्शन तथा प्रोत्साहन के बाद वे अब वैसा नहीं करेंगे। इन पुस्तिकाओं के अनुवाद अंग्रेजी, कन्नड़ आदि भाषाओं में भी हुए। हिन्दी में उनका संचयन प्रकाशित हो रहा है, यह अत्यन्त सन्तोषकारक घटना है।

कुल मिलाकर इस पुस्तक में जिन विविध पहलुओं को समाविष्ट किया गया है, उनसे यदि हम एकाध विद्यार्थी का भी जीवन बचा सकें तो यह प्रयास सार्थक है, इससे प्रत्येक संवेदनशील पाठक सहमत होगा। पाठकों से विनम्र निवेदन है कि वे अपने आस-पास अवलोकन करें और विचार करेंगे तो उन्हें कुछ त्रस्त विद्यार्थी अवश्य दिखाई पड़ेंगे, जिनके लिए यह पुस्तक वाकई में 'जिन्दगी की भेंट' बन सकती है।

परीक्षा की
ऐसी की तैसी!

परीक्षा आ रही है...! परीक्षा नजदीक है...!

बाप रे...! शामत आ गई...।
क्या होगा, हे भगवान...। मदद करो!
काश, पढ़ने के लिए थोड़ा और समय मिल जाए...!

परीक्षा पूरी हुई..., तो रिजल्ट की टेंशन!
क्या रिजल्ट आएगा..., कितने मार्क्स मिलेंगे...
पास हो जाएँगे या नहीं...। फेल हो गए तो...?
यार, दिल बहुत जोरों-से धड़क रहा है...।

यह कमबख्त परीक्षा आती ही क्यों है?
क्या कोई रास्ता नहीं है इससे बचने का?
मेरा रिजल्ट खराब आएगा तो मेरा क्या होगा?
क्या मेरी जिन्दगी बरबाद हो जाएगी?

जी नहीं, बिलकुल नहीं। सुनिए ताजा खबर!
अब जमाना बदल रहा है, दोस्तो।
अब आपका जीवन आपके हाथ में है!
आप 'परीक्षा की ऐसी की तैसी' कर सकते हैं!

‘परीक्षा की ऐसी की तैसी’ किसलिए?

यूँ तो ‘परीक्षा की ऐसी की तैसी!’ विद्यार्थी मित्रों के लिए लिखी गई है ताकि वे जीवन में हिम्मत न हारें, निराश न हों, परीक्षाओं तथा उनके परिणामों को जीवन का अन्त न समझें।

परन्तु मुझे पूर्ण विश्वास है कि बहुत से माता-पिता, अभिभावक तथा शिक्षक भी इस पुस्तिका का शीर्षक देखकर चौंकेंगे, और सम्भवत: मुझ पर विद्यार्थियों को गुमराह करने या फिर उन्हें ज्यादा मेहनती बनाने के बजाय लापरवाही सिखलाने के आरोप लगाएँगे।

ऐसे सभी बुजुर्ग मित्रों से मेरी एक ही विनती है कि परीक्षा में खराब परिणाम के डर से जिस किसी विद्यार्थी ने आत्महत्या कर ली हो, उसके परिवारजनों से मिलकर उनके हाथों में यह पुस्तिका दें, उनसे पूछें कि अपनी सन्तान को खोने से पहले क्या वे यह चाहते या नहीं कि काश, इस तरह का सन्देश उन्हें पहले मिल पाया होता।

और फिर कल्पना करने कि कोशिश कीजिएगा कि हमारी सन्तान, हमारे निकट का कोई बच्चा भी वैसी ही यातना या नि:संगतता का अनुभव कर रहा हो तो...? मेरा एक ही प्रश्न है और उसका उत्तर इस पुस्तिका का उद्देश्य है कि क्या हमारी सन्तान की जिन्दगी, उसके भविष्य और उसकी खुशी की तुलना में उसकी परीक्षा का परिणाम अधिक महत्त्वपूर्ण है?

—संजीव शाह

ये लक्षण किस रोग के हैं?

जरा देखिए कि क्या नीचे दिये गए मुद्दे आप पर लागू होते हैं?

- आप बीस वर्ष से कम उम्र के हैं?
- क्या आजकल आपको बहुत बेचैनी रहती है और कमजोरी लगती है? बहुत तनाव रहता है और रात में नींद नहीं आती?
- आपको खाने-पीने का ध्यान नहीं रहता या फिर चाहे जो कुछ हो, उसे खाते रहने की इच्छा होती है।
- कभी-कभी आपका शरीर इतना गरम लगता है मानो बुखार हो, फिर भी वह थर्मामीटर में नहीं आता? समय के थोड़े-थोड़े अन्तराल पर शरीर में कँपकँपी छूट जाती है?
- क्या जीवन अत्यन्त नीरस और फीका हो गया है? कभी ऐसा लगता है कि ऐसे जीवन से तो मर जाना ही अच्छा है?
- समय उबाऊ ढंग से बीत रहा है और फिर भी आप चाहते हैं कि वह थम जाए. तो कितना अच्छा!
- यदि आप डॉक्टर को दिखलाते हैं तो वे कहते हैं कि आपको कुछ नहीं हुआ है?
- आपको ऐसा लगता है कि थोड़े दिनों बाद आपके जीवन में ऐसी घटना घटनेवाली है जिससे आपकी जिन्दगी बरबाद हो सकती है?

यदि ऊपर दी गई अधिकतर बातों का आप अनुभव करते हों...

...तो फिर जरूर ही आपकी कोई परीक्षा नजदीक आ रही होगी!

टेंशन...टेंशन...टेंशन...!

'परीक्षा!' कितना डरावना शब्द! अच्छे-अच्छे यह शब्द सुनकर काँप उठें। किसी से न डरनेवाले शूरवीरों को भी परीक्षा के समय पसीना छूट जाता है। चाहे कुछ कर लो, इसके शिकंजे से बच नहीं सकते। किसी को रैंक लाने की टेंशन, किसी को ग्रेड की तो किसी को सिर्फ पास होने की टेंशन, पर इस कमबख्त इम्तहान का टेंशन किसी को छोड़ता नहीं। जिनका दिल बहुत कमजोर हो तो उन्हें वाकई में बुखार ही आ जाता है या दस्त लग जाते हैं मानो एम्बुलेंस में डालकर परीक्षा-खंड तक ले जाना ही बाकी रह गया हो!

किस भीषण क्षण में किसे ऐसा बकवास विचार आया होगा कि परीक्षा की खोज हुई! जिसने खोजा होगा, उसे दूसरा कोई और काम-धाम नहीं रहा होगा? वह व्यक्ति जिसने परीक्षा की खोज की होगी, कितना क्रूर, पत्थरदिल इनसान रहा होगा! वह अपने आपको क्या समझता होगा जो दूसरों को मापने और उनका मूल्यांकन करने निकल पड़ा!

वाकई ये परीक्षाएँ कितनी ज्यादा अन्यायी हैं, कितनी निरर्थक और बोगस हैं, इसका खयाल क्या किसी को भी नहीं आता होगा? कुर्सी पर बैठे शिक्षाविद् थोड़ी सामान्य बुद्धि द्वारा कुछ प्रश्न नहीं कर पाते होंगे? जैसे कि—

1. जो आता था, वह नहीं पूछा गया—किसी विषय में जितना पढ़ा, उसमें से बहुत कम परीक्षा में पूछा जाता है। जो पढ़ा वह परीक्षा में नहीं आया तो उस विषय में विद्यार्थी कमजोर कैसे कहलाए? ऐसी भी हो सकता है कि उसे बहुत आता हो, जो परीक्षा में पूछा ही न गया हो?
2. रट-रटकर भूल जाने से क्या लाभ? —कुछ भी समझ में न आता हो, विषय में कोई रुचि न हो, फिर भी कोई रटकर अधिक मार्क्स ले आए तो वह होशियार कैसे हुआ? क्या विद्यार्थी टेप रिकॉर्डर है या फिर उसे कम्प्यूटर बनाना है? क्या सभी बड़े लोग जो नौकरी करते हैं, उनको भी बचपन में सब रट गया था? और जो ज्यादा याद रख सकते हैं, क्या उनको ज्यादा वेतन मिलता है? पहली परीक्षा के समय रटी हुई चीजें दूसरी परीक्षा तक भूल जाएँ तो उसका क्या लाभ?

3. कोई होशियार विद्यार्थी अगर परीक्षा के समय बीमार पड़े या उसकी कोई पारिवारिक समस्या हो अथवा मानसिक रूप से अस्वस्थ हो और वह परीक्षा में ध्यान न दे सके, तो उस परीक्षा के परिणाम से उसका भविष्य तय करना कितना उचित है?

4. शिक्षक फेल क्यों नहीं?—यदि कुछ विद्यार्थी कमजोर हैं, परीक्षा में फेल होते हैं तो यह केवल उनकी असफलता कही जाए या उनके शिक्षकों की भी? बालकों को सिखलाने की जिम्मेदारी शिक्षकों की है, तो शिक्षकों को फेल क्यों नहीं किया जाना चाहिए? बहुत-से शिक्षक तो विद्यार्थियों को प्रश्न भी पूछने नहीं देते। बालकों की अगर एक बार समझ में न आए तो उन्हें बार-बार सिखाना नहीं चाहिए? शिक्षक तो परिपक्व हैं, फिर भी वे बालकों को दोष क्यों देते हैं?
5. स्कूल फेल क्यों नहीं?—परीक्षाओं में फेल होने या कम अंक लानेवाले विद्यार्थी यदि व्यवसाय और जीवन में सफल हो जाते हों तो क्या परीक्षाएँ तथा शिक्षा-प्रणाली ही निष्फल नहीं कही जाएगी? यदि पढ़े बिना या अँगूठाछाप होकर भी कुछ लोग जीवन में सफल होते हों तो क्या इसका अर्थ कहीं यह तो नहीं है कि पढ़ना सहायक हो सकता है, पर जरूरी नहीं?
6. आकाश लाल रंग का रँगा जाए?—गणित जैसे विषय के लिए तो ठीक है, किन्तु निबन्ध, चित्रकला जैसे सर्जनात्मक विषयों में उत्तर के रूप में जो लिखा गया है, उनकी गुणवत्ता कैसी है, उनका मूल्यांकन क्या पूर्वग्रहग्रस्त नहीं होगा? कौन-सी कृति अधिक क्रिएटिव है, यह किस तरह तय किया जा सकता है? अलग-अलग शिक्षक अलग-अलग अंक दें ऐसी स्थिति में उस परीक्षा को क्या वाजिब कहा जा सकता है?
7. पढ़ाई लाभ की गारंटी है?—बहुत-से महान व्यक्तियों ने या तो पढ़ाई छोड़ दी अथवा पढ़ने में वे बहुत ही कमजोर रहे। फिर भी वे महान बने हैं? और कुछ लोग ऐसे काम करते हैं कि दुनिया सदियों तक उन्हें याद रखती है। यदि यह सच है तो उसका मतलब क्या हुआ कि पढ़ना जरूरी नहीं है या

स्कूल-कॉलेज गए बिना भी जीवन में बहुत महत्त्वपूर्ण काम किए जा सकते हैं? तो फिर स्कूल-कॉलेज में जाने, परीक्षाओं में ज्यादा मार्क्स लाने के लिए हम पर इतना अधिक दबाव क्यों डाला जाता है?

8. अच्छा मनुष्य बनने के मार्क्स नहीं? परीक्षा केवल गणित, विज्ञान, भाषाओं इत्यादि की ही क्यों ली जाती है? और नागरिकशास्त्र जैसे विषय की परीक्षा भी लिखित ही ली जाती है। बच्चे जीवन में कितना ग्रहण करते हैं, क्या वह महत्त्वपूर्ण नहीं है? विद्यार्थी कितने ईमानदार हैं, नि:स्वार्थी हैं, साहसी हैं, स्वच्छताप्रिय हैं... क्या ये सब महत्त्वपूर्ण नहीं है? इन बातों का कोई नाम नहीं लेता, ऐसा क्यों? कोई विद्यार्थी स्वार्थी हो, अपशब्द बोलता हो, बुरा व्यवहार करता हो, परन्तु कुछ भी करके सबसे अधिक अंक प्राप्त कर ले, तो उसे शाबाशी मिले। इसके विपरित कोई दूसरा विद्यार्थी गुणवान हो, सेवाभावी हो, सदैव अच्छा आचरण करता हो, परन्तु वह मध्यम दर्जे के अंक ही ला पाए, तो वह निम्न स्तर का कैसे हो गया?

यार दिमाग में मेमरी-स्टिक डालकर परीक्षा दी जा सके, ऐसा कब होगा?

9. सबको सभी विषय पढ़ने और सभी को सभी विषयों की परीक्षा में उच्च अंक क्यों लाने पड़ें? क्या सभी बच्चे मशीन के जैसे एक समान होते हैं? क्या यह उचित है कि प्रत्येक बालक

को एक समान पद्धति से पढ़ाया जाए? किसान भी गुलाब, गेहूँ तथा आम आदि की खेती अलग-अलग ढंग से करता है। प्रत्येक को अलग-अलग मिट्टी, जलवायु, पानी, खाद और सूर्य का प्रकाश चाहिए। सभी को अलग तरह की देखभाल चाहिए। सभी मोटर गाड़ियाँ भी एकदम समान नहीं होतीं, भले ही अमुक भागों में कोई समानता हो। आपको जंगल की पाठशाला वाली कहानी के बारे में पता है?

मछली की परीक्षा पेड़ पर चढ़ने की!

एक बार सभी प्राणी एकत्र होकर विचार करने लगे कि इस नई दुनिया के लिए और उसकी समस्याओं को हल करने के लिए कुछ करना चाहिए। सभी ने सर्वसम्मति से यह तय किया कि एक स्कूल खोलना चाहिए। सबने साथ मिलकर विषय तय किए—दौड़ना, पेड़ पर चढ़ना, तैरना, उड़ना इत्यादि। व्यवहार में आसानी रहे, इसलिए सभी प्राणियों को सभी विषय सिखाने का निर्णय हुआ।"

बतख तैरने में खूब होशियार! अरे, अपने शिक्षक से भी अधिक होशियार, पर उड़ने में केवल पास होने जितने मार्क्स आए और दौड़ने में तो बहुत कमजोर साबित हुई। दौड़ने में वह कमजोर थी, इसलिए स्कूल का समय खत्म हो जाने के बाद भी उसे रुकना पड़ता और तैरने का पीरियड छोड़ना पड़ता ताकि वह दौड़ने की ज्यादा प्रैक्टिस कर सके। जब तक उसके पैरों की उँगलियाँ जो चमड़ी से जुड़ी थीं, उसे खूब चोट न लग गई, तब तक यही चलता रहा और परिणाम यह हुआ कि वह तैरने में सामान्य हो गई। उसके इस तरह सामान्य बनने से स्कूल में किसी को कोई आपत्ति न थी, पर बतख को बहुत दुःख हुआ।

खरगोश ने दौड़ने में सबको हरा दिया, पर जब तैरने की बारी आई, उस समय वह मन से हार गया। तैरने के लिए उसे बहुत मेहनत करनी पड़ती, जबकि वह जरा-सा प्रयत्न करने पर बहुत तेजी से दौड़ सकता था, किन्तु तैरने में वह घबरा जाता।

गिलहरी पेड़ पर चढ़ने में अत्यन्त कुशल थी, पर उड़ना उसे नहीं आता था। और तो और, शिक्षक उसे जमीन पर से सीधे उड़ने के लिए कहते थे। यदि पेड़ पर से उड़ने के लिए कहते तो सम्भवत: थोड़ा उड़ पाती, लेकिन उड़ने के प्रयत्न में उसका शरीर लड़खड़ा गया। अब तो वह पेड़ पर भी तेजी से चढ़ नहीं पाती थी।

बाज अपने तरीके से पेड़ की चोटी पर पहुँचना चाहता था, परन्तु शिक्षक उसे गिलहरी की भाँति चढ़ने को कहते और वह बाज को आता नहीं था, जिसके परिणामस्वरूप बाज बहुत शरारती हो गया। बाम मछली (ईल) को तैरना तथा दौड़ना, दोनों आता था। थोड़ा उड़ भी लेती थी और इस कारण वर्ष के अन्त में औसत मार्क्स पाने में सबसे आगे निकल गई। कुत्तों ने धरना दिया कि जमीन खोदने का विषय स्कूल में रखा जाए, लेकिन उसमें बाकी प्राणियों को रुचि नहीं थी। इसलिए कुत्तों ने अन्य प्राणियों के साथ नई कमेटी बनाई और सफलतापूर्वक नया प्राइवेट स्कूल शुरू किया।

कितनी सीधी-सादी बात है। प्रत्येक प्राणी अलग-अलग प्रकार के होते हैं। जैसे दुनिया में एक ही तरह की मछली नहीं है वैसी ही मनुष्य भी अलग-अलग तरह के है। वैसे तो हम कहते हैं कि प्रत्येक व्यक्ति अनन्य है। तो हमारे बच्चों को शिक्षा देने की पद्धति ऐसी कारखाने जैसी क्यों हैं?

ऐसे तो अनेक सवाल पूछे जा सकते हैं। पूछने दें, तो छोटे बच्चे भी ऐसे ढेर सारे सवाल पूछेंगे। तो फिर शिक्षा-नीति निर्माताओं से ऐसे प्रश्न नहीं होते होंगे?

पृथ्वी चौकोर ही है

यह असम्भव-सी बात लगती है कि वर्षों और दशकों से कुछ विचित्र तथा बकवास हमारे आसपास हो रहा है, किन्तु कोई उस पर बोलने या उसे सुधारनेवाला नहीं है। क्या ऐसा सम्भव है कि पूरी दुनिया मूर्ख हो? सिर खुजलाने जैसी बात है न? किन्तु यार, कभी पूरी दुनिया ऐसा तो मानती ही थी न कि पृथ्वी चौकोर तथा सपाट है। गोल कैसे हो सकती है? हम गिर नहीं जाएँगे? हा...हा...हा...हा...! इसका अर्थ यह हुआ कि परीक्षा के बारे में तो अभी भी पृथ्वी चौकोर तथा सपाट ही है और शिक्षाविद् परीक्षा देवी की पूजा-अर्चना करते ही रहनेवाले हैं।

शायद सभी मूर्ख न हों, बहुत-से लोग यह समझते हों, किन्तु अपना अभिप्राय साफ-साफ कहने की हिम्मत उनमें न हो। बाघ के पास जाकर, उसके कन्धे पर हाथ रखकर कौन कहे, "तेरा मुँह बदबू दे रहा है, भाई!" और कोई बोलता भी हो, तो इस नक्कारखाने में उसकी तूती की आवाज सुननेवाला कौन है?

दोस्तो, इस परीक्षा की चक्की में हमें तो पिसना ही है। शायद कुछ वर्षों में यदि सम्बन्धित लोगों को अक्ल आ जाए, कोई माई का लाल ऐसा निकले तो परीक्षा को हो गए इस रिक्शे को कबाड़ी वाले के पास ले जाए। कितने भाग्यवान होंगे उसके बाद की पीढ़ीवाले विद्यार्थी! पर तब तक हमें तो यातना भोगनी है ही।

दोस्तो, तब करेंगे क्या?

तब क्या कोई रास्ता नहीं है, इन परीक्षाओं से निपटने का कुछ तो करना ही पड़ेगा। यूँ ही थोड़े ही उसका शिकार बनना है कि, "मैं हिरण या भेड़ हूँ आ भाई चीता, मुझे खा। मुझे तो मरना ही है, तो फिर दौड़ू-भागूँ क्यों?" नहीं-नहीं, ये नहीं चलेगा। हम भले ही परीक्षा में फेल हो जाते हों, पर कायर तो नहीं ही हैं। यूँ ही बिना लड़े हार थोड़े मानेंगे? हम लोगों को भी दिखा दें कि जिन्दगी परीक्षाओं से नहीं, इरादों और हिम्मत से जी जाती है और हर समस्या का हल तो होता ही है।

परीक्षा के दौरान विद्यार्थियों की गरदन क्यों दुखती है?

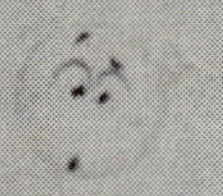

क्योंकि परीक्षा के दरम्यान ईश्वर की प्रार्थना करने के लिए वे लगातार ऊपर देखते हैं, निराशा तथा उदासी से नीचे ताकते हैं और जानकारी के लिए बाएँ-दाएँ झाँकते हैं।

हालाँकि असल में हमारे बहुत-से अच्छे विद्यार्थी-मित्र हार जाते हैं, और परीक्षा से तथा असफलता से इतने डर जाते हैं कि उन्हें आत्महत्या करने का मन हो आता है। उन्हें लगता है कि परीक्षा में फेल होने के बाद अब उनके जीवन में कुछ बचा ही नहीं। ऐसा लगने में उसमें उनकी कोई गलती नहीं है।

मम्मी-पप्पा समझते क्यों नहीं?

पहला दोष तो माँ-बाप का, जो यह नहीं देखते कि उनके बच्चे पढ़ाई में भले ही कमजोर हों, पर उनमें और कितनी तरह की प्रतिभाएँ हैं! बस, हाथ धोकर वे बच्चों के पीछे पड़ जाते हैं, "पढ़ो, पढ़ो, बस पढ़ो। परीक्षा में कम मार्क्स आए, तो समझ लो, तुम्हारी जान पर बन आई।"

ये माँ-बाप भी न...एक ओर कहते हैं, "मेरा बच्चा कितनी अच्छी ड्राइंग बनाता है!" और फिर बच्चे पर दबाव भी डालते हैं, "यदि गणित, विज्ञान में अच्छे मार्क्स नहीं आए, तो देख लेना!" बाद में ऐसे भी बोलते हैं, "देख, तेरा भाई कितना होशियार है! हमारे सगे-सम्बन्धियों में हमारा मान बढ़ाता है! तेरे कारण अगर हमारी इज्जत धूल में मिली तो तेरी खैर नहीं!"

इससे टेंशन तो होगी ही न! भाई के साथ, पड़ोस के चिंटू के साथ और दुनियाभर के होशियारों के साथ स्पर्धा करनी होगी, कुछ करके दिखाना होगा। यह कितनी वाहियात बात है! मुझे अपने लिए जिन्दगी बनानी है या लोगों को दिखाने के लिए जीना है?

माँ-बाप चाहते हैं कि बच्चे पढ़-लिखकर बड़े आदमी बनें, वे सुख-चैन से जिएँ। पर बच्चा तो सभी से ही बेचैन और दुखी है, यह उनको नहीं दिखता। हालाँकि उनका भी दोष नहीं है। उनसे कोई यह कहे तब न कि, "भाई, आपका बच्चा गुणवान ही है, पर इस तरह जुल्म करके उसे पड़ोसी का चिंटू बनाने के लिए उसके पीछे क्यों पड़े हैं?"

शिक्षक डॉक्टरों से निम्न स्तर के हैं?

स्कूल के अधिकतर शिक्षक भी विद्यार्थियों पर जुल्म करने से नहीं चूकते। उनके लिए तो अधिक मार्क्स लानेवाला होशियार और बाकी सब मूर्ख। उनके खुद कितने मार्क्स आए थे जो शिक्षक बने? आजकल तो सब बच्चों को डॉक्टर-इंजीनियर बनाने के पीछे पड़ गए हैं। तो क्या वे स्वयं मूर्ख हैं? क्या उन्हें यह समझ में नहीं आता होगा कि लोगों को लूटनेवाले एक भ्रष्टाचारी, डॉक्टर की अपेक्षा एक भला, दयालु शिक्षक समाज के लिए कई गुना बेहतर है।

और ये ट्यूशनिया टीचर—उन्हें तो बस अपनी ही पड़ी है कि उनके क्लासेज में से कितनों को मेडिकल, इंजीनियरिंग में एडमिशन मिला। इस बात का विज्ञापन करके अपना धन्धा अगले वर्ष कैसे बढ़ाना है? उन्हें विद्यार्थियों की क्या पड़ी है?

इसलिए रिजल्ट के लोभी माँ-बाप सन्तानों को पाठशाला-ट्यूशन के हवाले कर देते हैं, जैसे बकरे को कसाई के हवाले किया हो, ठीक वैसे कि—"साहब, मेरे बच्चे से खूब मेहनत करवाईएगा बस, इसे मेडिकल में एडमिशन मिल जाना चाहिए!" फिर क्या, अब तो 'लाइसेंस टू किल' मिल गया, तो फिर बच्चे को कौन बचानेवाला है?

घर में माँ-बाप, पाठशाला में शिक्षक और ट्यूशन में सुपर-शिक्षकों से विद्यार्थियों की जिन्दगी घिर जाती है! बहुतों को तो रात में डरावने सपने भी आते हैं। यदि आज्ञाकारी बनकर जुल्म सहन नहीं किया, कहीं भी चूक हो गई तो, ताना, अपमान, गालियाँ, थप्पड़ और मार...ये सब राह देखते ही बैठे है।

कोई राह न सूझे तो आत्महत्या?

इस तरह चारों ओर से घिरकर, निरन्तर ताने सुन-सुनकर, डर के मारे कोई रास्ता न सूझे, तो फिर अन्त में हमारे कुछ विद्यार्थी मित्र आत्महत्या का विचार करते हैं, और दुर्भाग्य से कुछ उसे अमल में भी लाते हैं। तब फिर उस विद्यार्थी के माँ-बाप, शिक्षकगण पछताते हैं। फिर भी अधिकांश बालकों पर जुल्म तो जारी ही है। समाज कहता है, "हम नहीं सुधरेंगे!"

खैर, आपका कोई मित्र इस तरह हिम्मत हार जाए तो उससे कहिएगा कि मूर्खता न करे। जिन्दगी कितनी सुन्दर है! अभी तो कितना मजा करना बाकी है। उससे कहिए कि वह किसी ऐसे व्यक्ति को ढूँढ़ निकाले जो उसे समझता हो। सभी शिक्षक खराब नहीं होते। बहुत-से अच्छे भी होते है। आपको डर लगता हो तो उनके घर चले जाइए। आपके मित्रों में कुछ के माता-पिता भी बहुत समझदार होंगे। उनसे मदद माँगिए। बोलकर व्यक्त न कर सकते हों तो पत्र लिखकर बताइए। हमसे सम्पर्क कीजिए (देखें, पृ. 23)। कुछ भी करके रास्ता निकालिए, पर आत्महत्या का तो विचार भी नहीं आना चाहिए। पाँच रुपये के लिए कोई लाख रुपये के घाटे का सौदा करता है?

मूर्खों से हार मान लेना?

यह सही है कि तनाव बहुत बढ़ जाता है। बहुत जुल्म होता है। बहुत घुटन होती है और कभी-कभी सहनशक्ति की सीमा पार हो जाती है, इसलिए अच्छे-अच्छों को आत्महत्या का विचार आ जाता है (कभी इस लेखक को भी आया था!), पर उसे तुरन्त ही झटककर हटा दीजिए।

जो लोग आपको समझते नहीं हैं, जो आपको बुद्धू और मूर्ख कहते हैं, जो आपको ताना मारते हैं और आप पर जुल्म करते हैं...। उन सबके सम्मुख हार मान लेना? बिलकुल नहीं। कभी भी नहीं। गलती से भी नहीं। जहन्नुम में जाएँ परीक्षाएँ और भाड़ में जाए रिजल्ट!

जो आपको मूर्ख कहते हैं, उन्हें दिखा देना है कि असल में ऐसा कहनेवाले खुद ही मूर्ख हैं। हम कायर नहीं हैं कि उनसे डरकर इतनी सुन्दर जिन्दगी समाप्त कर लें। माना आज तकलीफ है, लेकिन यह जिन्दगी-भर थोड़े ही रहनेवाली है! जरा सोचिए कि आप अपने मोबाइल से मित्र को कॉल करते हैं और कॉल नहीं लगता तो आप क्या मोबाइल को तोड़ डालते हैं? आप फिर कोशिश करेंगे न? बात न हो सके, तब तक ट्राई करेंगे ही न? कुछ न भाये तो जीभ को थोड़े ही काट डालते हैं? याद रखिएगा, जो लोग परीक्षा में असफल हो गए, पढ़ नहीं पाए उनमें से आज कितने ही लोग धनवान भी बने हैं, और कितने तो महान भी हो गए हैं। आपको क्या पता, आप क्या बन जाएँ? ट्राई तो करना ही पड़ेगा न?

बॉस, सबकी यही दशा है!

यार, कैसी खतरनाक भावना है यह...जब आप परीक्षा-खंड में मदद के लिए अपने मित्र की ओर देखें, और उस समय वह पहले से मदद के लिए आपकी ओर ही देख रहा हो!

आपको क्या लगता है कि आप अकेले ही ऐसे हैं जिसे इतनी टेंशन होती है? क्या कोई ऐसा विद्यार्थी होगा जो परीक्षा की आतुरता से राह देखता हो, परीक्षा आए तो उसका खून सेर भर बढ़ जाता हो या टेंशन की जगह उसे मजा आए और अपने तनावग्रस्त मित्रों की ओर वह दयाभाव से हँसे? यदि ऐसे विद्यार्थी वास्तव में अस्तित्व रखते हों, तो वे सुपरमैन से कम नहीं हैं! और जो ऐसे विद्यार्थी हों, जिन्हें परीक्षा से कोई फर्क न पड़े, परीक्षाओं के दिन जिनके लिए अन्य सामान्य दिनों जैसे ही हों, समस्त व्यवहार नॉर्मल ही रहे, तो फिर या तो उनका वे 'अविद्यार्थी' होंगे—पाठशाला में आने के उनके सभी कारण पढ़ाई के अलावा के होने चाहिए, या तो फिर उनका अपने मन पर वैसा ही नियंत्रण होना चाहिए जैसा किसी साधु-संतों का होता है!

हममें से अधिकांश न तो 'अविद्यार्थी' हैं, न ही 'सुपरमैन' या साधु-संत, इसलिए हमें तो बापू, इस परीक्षा के राक्षस को हराने के लिए कोई जादुई उपाय खोजना ही होगा!

आइए, जरा देखें कि ऐसे क्या उपाय हो सकते है जिनसे हमारे सभी विद्यार्थी मित्रों को मदद मिले?

1. 'परीक्षा की ऐसी की तैसी!' की भावना विकसित करना।
2. परीक्षाओं के आधार पर जिन्दगी का आयोजन न करना, अपनी प्रतिभा के आधार पर विकल्प रखना।
3. स्कूल-कॉलेज का बहिष्कार करके अपने आप सीखना और अपने सपनों की जिन्दगी बनानी।

पहला— वैसे तो 'परीक्षा की ऐसी की तैसी' का भाव रखना सबसे अच्छा बेस्ट है, पर बहुत मुश्किल है, बन्धु! सुबह-शाम स्कूल और ट्यूशन में पढ़ना और रटने का जोर-जुल्म चलता हो और लक्ष्य हो परीक्षा तो फिर 'परीक्षा की ऐसी की तैसी' करें कैसे? बहुत कठिन है इस दबाव का सामना करना बन्धु! फिर भी इस अभिगम की प्रैक्टिस तो करनी ही चाहिए। जब टेंशन हो तो गहरी साँस खींचकर धीरे-धीरे छोड़ते हुए स्वयं से कहिए, "ऑल इज वेल! कोई आसमान टूटकर गिर जानेवाला नहीं है। मुझे जो करना है, वह मैं करके ही रहूँगा।"

दूसरा— जो सभी को अनुकूल आए, ऐसा रास्ता यह है कि परीक्षाओं के सहारे पूरी जिन्दगी का आयोजन न करें। एक व्यक्ति को डॉक्टर बनकर लोगों की सेवा करनी थी, पढ़ाई में पिछड़ गया। मेडिकल में एडमिशन ही नहीं मिला। तब उसने अपना हॉस्पिटल बनाया, दूसरे डॉक्टरों को वेतन पर नियुक्त किया। स्वयं अध्ययन किया, अनुभव लिया और अन्त में जो सोच रखा था, किया। वह डॉक्टरों को भी सलाह दे सकता था। कहिए! ऐसे तो अनेक उदाहरण हैं।

डिग्री न हो सके तो डिप्लोमा, नौकरी नहीं तो व्यवसाय, इंजीनियर नहीं तो मैकेनिक—जिन्दगी में ढेर सारे विकल्प मिलनेवाले हैं। आपको कुछ करना है तो परीक्षा या डिग्री आपको रोक नहीं सकती।

जरा सोचो, दोस्तो!

किसी को गायक बनना हो और उसे कॉलेज में एडमिशन न मिले तो क्या उसका गाने का टेलेंट व्यर्थ हो जाता है? कॉलेज या क्लास में ट्रेनिंग लेकर यदि गायक बना जा सकता, तो वह कोर्स करनेवाले सभी विद्यार्थियों को आज मशहूर कलाकार होना चाहिए था। कितने ही मशहूर गायकों को पहले लोग नकार देते हैं। लता मंगेशकर को भी "आपकी आवाज बहुत पतली है" कहकर रिजेक्ट किया गया था, पर हम तो उनकी सफलता के बड़े-बड़े किस्से सुनते हैं। गाँव या मध्यवर्ग के युवक-युवती अपनी प्रतिभा तथा मेहनत के बल पर कुछ कर दिखाते हैं। वे स्कूल-कॉलेज की परीक्षाओं का मुँह ताकते नहीं बैठे रहते हैं! ऐसे सफल होनेवाले 'परीक्षा की ऐसी की तैसी' करनेवाले ही होते हैं।

आपको समोसा या पिज्जा खाने का मन होता है तो आप दुकान पर जाकर दुकानदार से परीक्षा में पास

होने का सर्टिफिकेट थोड़े ही माँगते हैं? दुकानदार फलां और ढा कोर्स के बहुत से सर्टिफिकेट या मेडल दिखाए और यदि उसका समोसा खराब होगा तो उसकी ओर देखेंगे भी नहीं न? और यदि वह स्वादिष्ट व्यंजन बनाता होगा तो क्या आप उसकी मार्कशीट माँगेंगे? आज के जमाने की यह हकीकत है, दोस्तो। आपके पास कौशल होगा तो परीक्षाएँ आएँगी और जाएँगी। आपको कोई रोक नहीं सकेगा।

तीसरा—इसीलिए बहुत से बहादुर तो परीक्षा को ही नहीं, स्कूल को ही अँगूठा दिखाते हैं। ऐसा मत मान लेना कि यह गप्प है। वाकई में आज की पाठशाला और शिक्षा बालकों के अन्दर की सर्जनात्मकता और मौलिकता को मार डालती है, ऐसा खुद अल्बर्ट आईंस्टाइन ने कहा है!

ये लोग महान कैसे बने?

आइए, कुछ उदाहरण देखें।

- **अल्बर्ट आईंस्टाइन,** बचपन में भाषा, वनस्पतिशास्त्र में फेल हुए थे। यह बालक बड़ा होकर कुछ खास कर सकेगा, ऐसा उनके शिक्षकों को नहीं लगा था, पर शिक्षक भगवान तो नहीं है न? उन्हें क्या पता कि वे भविष्य के महान वैज्ञानिक की उपेक्षा कर रहे हैं!
- **थॉमस एडीसन,** जिसने बल्ब के अतिरिक्त अनेक महत्त्वपूर्ण खोजें कीं, वह कान से थोड़े बहरे थे। उन्हें स्कूल से निकाल दिया गया था क्योंकि शिक्षकों को लगता था कि उनकी सीखने की गति बहुत धीमी थी। उनकी माँ को बेटे में विश्वास था और उन्होंने बेटे को खुद पढ़ाया! जी हाँ, यह महानुभाव अपनी जिन्दगी में कुल मिलाकर केवल तीन महीने स्कूल में गए थे।
- **रवीन्द्रनाथ ठाकुर,** भारत के इस महान कवि एवं साहित्यकार ने पाँचवीं कक्षा के बाद स्कूल छोड़ दिया था। वे भी घर पर ही पढ़े थे। महान कवि के रूप में विख्यात होने के बाद उनके आश्रम 'शान्तिनिकेतन' में पढ़ने के लिए मूर्ख माने जानेवाले, शरारती बालक ही आते थे, पर वे जिन्दगी में कुछ बनने का आत्मविश्वास प्राप्त करते लौटते थे।
- **रामानुजन,** भारत के महान गणितज्ञ, कॉलेज में गणित के अलावा बाकी सभी विषयों में फेल हुए थे। गणित के सिवा

उनको किसी विषय में भी रुचि नहीं थी। आजकल की ट्यूशन क्लासों में होते तो उनकी क्या दशा हुई होती!

- **सचिन तेन्दुलकर,** हमारे महान क्रिकेटर, दसवीं कक्षा में तीन बार फेल हुए थे। एक घंटे पढ़ने के लिए कहें तो भाई सा'ब झपकियाँ लेते रहते, पर दस-दस घंटे क्रिकेट की प्रैक्टिस करने में नहीं थकते थे! इसका नाम टेलेंट है और वह सब में होता है, दोस्तो!

ऐसे तो अनेक उदाहरण हैं, आप स्वयं ही गूगल की मदद से खोजकर देखें!

बहुत से बालक तथा युवक आत्मविश्वास से इतने छलकते हुए होते हैं कि वे स्वयं ही सीखकर, स्वाध्याय करके जो करना है, उसे करके ही चैन की साँस लेते हैं। हाँ, यह बात सच है कि ऐसे विरले होते हैं। पर यह भी एक विकल्प है।

हालाँकि यह विकल्प ऐसे ही विद्यार्थियों को लेना चाहिए जो अपने भविष्य की समस्त जिम्मेदारी स्वयं उठाते हों, अपनी असफलता के लिए दूसरों को बदनाम न करते हों। जो हमेशा खुश रहते हों। भविष्य में अपनी जिन्दगी में जो कुछ भी प्राप्त करें या न कर सकें, उसके लिए उन्हें अफसोस नहीं होना चाहिए कि मुझे ऐसा नहीं करना चाहिए था।

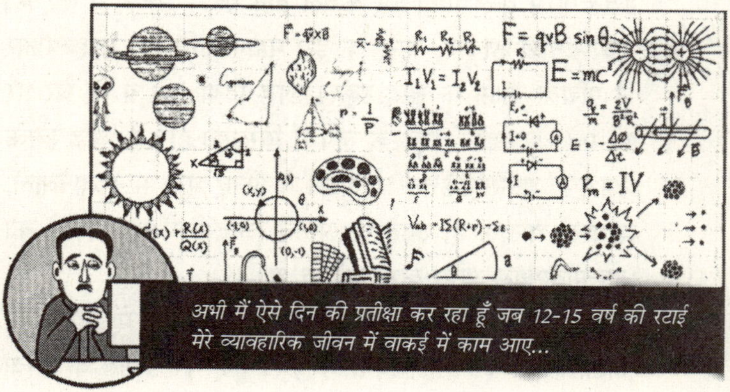

सावधान, अच्छी तरह समझिएगा!

आखिर में, संक्षेप में कहें तो 'परीक्षा की ऐसी की तैसी!' करने में लाभ ही है। परीक्षाएँ कोई लाइफ-जैकेट नहीं है जिसे पहनकर ही समुद्र में डूबने से बचा जा सकता है। लाइफ-जैकेट तो आपकी प्रतिभा, आपके मेहनत करने तथा सीखने की तत्परता है। यदि ये चीजें न हों तो परीक्षा में सर्वप्रथम आने के बाद भी लोग जीवन में फेल हो जाते हैं और ऐसे उदाहरणों की कमी नहीं है।

पर यह भूलकर भी मत समझना कि फालतू घूमना-फिरना, आवारागर्दी करना और समय बिताने के लिए फालतू दोस्तों-प्रवृत्तियों में डूबे रहना है। यह 'जो होगा देखा जाएगा'—का लापरवही भरा व्यवहार रखकर हीरोगीरी दिखाना भी नहीं क्योंकि हीरो से जीरो होने में कुछ वर्ष ही लगते हैं।

'परीक्षा की ऐसी की तैसी' करने का मतलब यह है कि मेहनत कीजिए, पूरे दिल से कोशिश कीजिए, किन्तु चिन्ता मत कीजिए। जी मत जलाइए और हारने की बात को तो मन से निकालकर हमेशा के लिए बाहर फेंक दीजिए। ऐसा मत मानिए कि परीक्षाएँ ही जीवन है और परीक्षा में अच्छे परिणाम नहीं आए तो जीवन खत्म हो गया। पढ़ना हो तो अवश्य पढ़िए, पर याद रखिएगा कि केवल डिग्रियों से ही जीवन सफल नहीं होनेवाला है।

और देखा-देखी में कभी शामिल मत होना। आपके भीतर क्या टेलेंट है, उसे पहचानिए। आवश्यक लगने पर इसके लिए व्यावसायिक

मार्गदर्शन देनेवाली संस्थाओं या अच्छे काउंसलर की सलाह लीजिए। किसी की नकल करके यदि विज्ञान लेंगे जबकि आपका मन कला में लगता है तो वह व्यक्ति तो मजे करेगा, आपको पूरी जिन्दगी ऊबते रहकर नीरस गुजारनी पड़ेगी क्योंकि आप कला में टेलेंट और रुचि रखते थे। मनपसन्द विषय सीखिए, दिल सन्तुष्ट हो, ऐसा कुछ कीजिए और समाज के लिए उपयोगी काम कीजिए। अपने कार्य को सर्वोत्कृष्ट बनाने का प्रयास करेंगे तो साइंस, कॉमर्स और आर्ट्स में कुछ भी अन्तर रहनेवाला नहीं है।

तो यह है बात का सार!

यानी 'परीक्षा की ऐसी की तैसी' करने का यह मतलब कदापि नहीं है कि सीखना नहीं है। मतलब यह है दोस्तो कि सच्ची शिक्षा सीखने के लिए है और सीखने का मतलब रटना नहीं है। शिक्षा का उद्देश्य केवल परीक्षा में पास होना नहीं है, जीवन में पास होना है। जो लोग अपनी प्रतिभा नहीं पहचानते, मेहनत नहीं करते, समय का सदुपयोग नहीं करते, सीखते नहीं हैं, बात-बात में डर जाते हैं, निराश हो जाते हैं, हार जाते हैं, वे सारे जीवन में फेल होते हैं। जीवन का महत्त्व यदि 100% है तो परीक्षा का महत्त्व 1% भी नहीं है।

परीक्षा में किसी विषय में फेल हो जाएँ या कम मार्क्स मिलें तो उसका अर्थ ये हो सकता है कि

- उस विषय में आपकी रुचि नहीं जगती क्योंकि आप किसी अन्य विषय में प्रतिभाशाली हैं।
- या फिर आपके जीवन में गम्भीर समस्याएँ हैं, इसलिए पढ़ने में आपका मन ही नहीं लगता तो सर्वप्रथम उन समस्याओं से बाहर निकलिए।
- आपको अच्छी तरह सिखानेवाला ही कोई नहीं है तो कोई योग्य व्यक्ति ढूँढ़िए जो आपको सिखलाए।
- आप इतने होशियार हैं कि वर्तमान शिक्षा आपको बोरिंग लगती है, उबाती है, समय की बरबादी लगती है तो आप जीनियस ही

हैं। आपको पता ही है कि आपको क्या करना है। फेल होने के ऐसे दूसरे भी अर्थ हो सकते हैं, पर यह अर्थ तो कदापि नहीं है कि आप शून्य हैं, बुद्धू हैं अथवा आप अपने जीवन में अब कुछ भी नहीं कर सकेंगे। इससे अधिक वाहियात और निरर्थक बात अन्य कोई हो ही नहीं सकती।

तो कीजिए 'परीक्षा की ऐसी की तैसी!' और जुट जाइए जिन्दगी बनाने में!

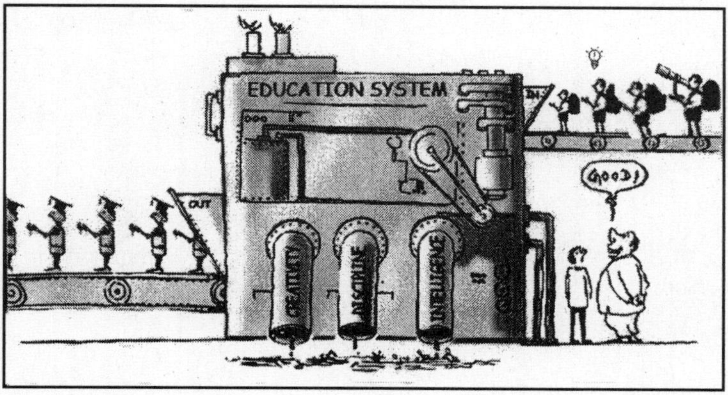
EDUCATION SYSTEM
IN
OUT
GOOD!

अध्ययन
शिक्षक
विद्यार्थी
स्कूल कॉलेज

रिजल्ट की ऐसी की तैसी!

परीक्षा खतम हुई...। चैन की साँस ली...।
पर अभी छुटकारा कहाँ...?
अभी रिजल्ट आनेवाला है...।

हे भगवान, क्या होगा? कैसे मार्क्स आएँगे..?
पास होंगे या नहीं...फेल हुए तो...?
किन्हीं विषयों में कम मार्क्स आए तो...?
अपेक्षित परिणाम नहीं आया तो...?

यह साला बड़ा अजीब है...सबको रिजल्ट का टेंशन!
पर वाकई में रिजल्ट का महत्त्व कितना है?

आपको पता है कि
राष्ट्रपिता गांधी जी का मैट्रिक का परिणाम 40% ही था?
सचिन तेन्दुलकर दसवीं कक्षा में 3 बार फेल हुए थे?
महान वैज्ञानिक आईंस्टाइन हाईस्कूल में फेल हुए थे?
जीनियस गणितज्ञ रामानुजन कॉलेज में 3 बार फेल हुए थे?
महान गायिका लता मंगेशकर स्कूल में पढ़ी ही नहीं हैं?

एक राज की बात है, किसी से कहना नहीं!
पर रिजल्ट के डर से आप उल्लू मत बनना।
रिजल्ट से किसी की जिन्दगी बरबाद नहीं होती।
प्रमाणों के लिए पढ़िए यह पुस्तिका...।

सचमुच 'रिजल्ट की ऐसी की तैसी' करनी चाहिए?

बहुत से लोग ऐसे भुलक्कड़ होते हैं कि कुछ करने के लिए घर के दूसरे कमरे में जाते हैं और फिर यह भूल जाते हैं कि वे वहाँ क्यों आए थे! हा हा हा हा! फिर तो वे सिर खुजलाएँ और याद न आए तो खुद पर हँसें, और दूसरों से कहें, कि देखो मेरे साथ ऐसा हुआ!

स्कूलों के साथ भी कुछ ऐसा ही हुआ है। स्कूल क्यों खोले गए थे, वह स्कूलों को याद ही नहीं रहा। इसलिए विद्यार्थियों को बोरिंग विषय, बोरिंग ढंग से फिर बोरिंग परीक्षा लेकर मार्कशीट का कागज हाथ में थमा देते हैं! अब सोचिए, आपको बहुत तेज भूख लगी हो और कोई आपके हाथ में स्वादिष्ट समोसा या जलेबी बनाने की विधि का पुर्जा थमा दे, तो उससे आपकी भूख थोड़े ही मिटनेवाली है!

विचार कीजिए कि आपने रट-रटाकर अव्वल नम्बर से परीक्षा पास की, सर्टिफिकेट पाया, मेडल जीता। पर जो रटा था वह तो भूल गया। और दूसरा कुछ आता नहीं है। तो आप क्या करेंगे? किसी काम आए, ऐसा तो कुछ सीखा ही नहीं! तो क्या स्कूलें ऐसे खोखले और सर्टिफिकेट से लैश युवा पैदा करने की फैक्ट्रियाँ हैं?

या फिर स्कूलें जेल है? बस घंटी बजने पर पहुँचना, घंटी बजे तब नाश्ता करना, बोरिंग लगे, ऊनींदे हों तो भी एक्टिंग करके सुनने का नाटक करना। आदेशानुसार कुछ न करने पर अपशब्द सुनना या डंडे खाना। बस, चाहे जैसे हाजिरी भरवानी, सामने से कोई प्रश्न न पूछना। है कोई फर्क जेल और स्कूल में?

और फिर सीखने के लिए तो ट्यूशन जाना होगा...! तो स्कूल किसलिए था, भाई?

आप जो पढ़ते हैं उसकी परीक्षा और रिजल्ट से बहुत डर लगता है? यदि आपको ऐसा लगता है कि परिणाम अच्छा नहीं आएगा तो आपकी जिन्दगी बर्बाद हो जाएगी तो आप अँधेरे में हैं और रस्सी को साँप मानकर काँप रहे हैं!

जरा सच ढूँढ़ने की कोशिश कीजिए। आपके आस-पास जो लोग खूब सफल दिखते हैं, बढ़िया जिन्दगी जी रहे हैं, उनसे पूछिए स्कूल-कॉलेज में उनका रिजल्ट कैसा था? क्या उनकी सफलता परीक्षा और रिजल्ट का परिणाम है या उनके मनपसन्द काम, कठोर परिश्रम, निरन्तर सीखते रहने की ललक का? जरा पूछिए और पता कीजिए कि अपनी सफलता का वास्तविक श्रेय वे किसे देते हैं?

आपकी समझ में आएगा कि ऐसे कितने ही रैंकर, गोल्ड मेडलिस्ट थे, जो आज किस कोने में पड़े जिन्दगी गुजार रहे हैं, उन्हें कोई जानता ही नहीं! आपको ये भी पता चलेगा कि अनपढ़, कम पढ़े-लिखे, बीच में ही स्कूल छोड़ देनेवाले कुछ लोग आज बहुत मजेदार जिन्दगी जी रहे हैं। अच्छी तरह पूछताछ कीजिए और खुद निष्कर्ष पर पहुँचिए।

यहाँ हमने कुछ ऐसे प्रसिद्ध व्यक्तियों के उदाहरण दिए हैं, जिन्होंने रिजल्ट की ऐसी की तैसी की थी। वे सभी हमारे-आपके जैसे ही थे। ऐसा मत मान लीजिएगा कि जन्म से ही वे महान थे। और ये तो कुछ उदाहरण मात्र हैं। आप स्वयं ढूँढ़ेंगे तो पाएँगे कि रिजल्ट की ऐसी की तैसी करके अपनी मेहनत से जिन्दगी बनानेवालों की समाज में कोई कमी नहीं है!

—संजीव शाह

sanjiv@oasismovement.in

महात्मा गांधी

- मैट्रिक की परीक्षा में केवल 40% अंक, कॉलेज के पहले सत्र में फेल, बाद में कॉलेज छोड़ा।
- 20वीं सदी में दुनिया को सर्वाधिक प्रभावित करनेवाले महान नेता, भारत की आजादी के निर्माता और 'राष्ट्रपिता' कहलाए।

एक सामान्य बालक से महात्मा बननेवाले मोहनदास करमचन्द गांधी बचपन में पढ़ाई में कमजोर थे। उन्हें परीक्षा में मुश्किल से 45-55 प्रतिशत आते और मैट्रिक (वर्तमान एस.एस.सी. के समकक्ष) में तो केवल 40 प्रतिशत आए! आर्ट्स कॉलेज में एडमिशन तो लिया, पर पहले ही सत्र की परीक्षा में फेल हो गए तो दूसरे सत्र में कॉलेज गए ही नहीं।

स्वजनों की सलाह पर बैरिस्टर बनने इंग्लैंड गए। वहाँ की मैट्रिक्युलेशन परीक्षा में पहले प्रयत्न में फेल हुए, लेकिन हिम्मत हारे बिना फिर से तैयारी की और पास हुए। 1891 में बैरिस्टरी की परीक्षा पास करके वकील बने। भारत लौटकर वकालत शुरू की। शुरू में असफल रहे, पर एक उम्दा व्यक्ति के रूप में साख बनी। 1893 में वकालत के लिए दक्षिण अफ्रीका गए। वहाँ अपनी सच्चाई और ईमानदारी से केस

से ज्यादा लोगों के दिल जीते। वहाँ अंग्रेजों की रंगभेद नीति से दुखी होकर और भारतीयों को न्याय दिलाने हेतु सत्य तथा अहिंसा के मार्ग पर चलकर आन्दोलन किया। सत्याग्रह की शुरुआत की।

दक्षिण अफ्रीका में 21 वर्ष के लम्बे प्रवास ने गांधी जी को खूब गढ़ा। भारत लौटकर उन्होंने देश की आजादी का सपना देखा। इस दुबले-पतले आदमी ने अपने हृदय की ताकत से अजेय ब्रिटिश साम्राज्य को झुका दिया। देश को आजादी दिलाने में मुख्य भूमिका निभाई। अपने सद्गुणों के कारण वह करोड़ों भारतीयों के 'बापू' और 'महात्मा' बने।

दोस्तो, परीक्षा के परिणाम और महान बनने में है कोई सीधा सम्बन्ध?

अल्बर्ट आईंस्टाइन

- बचपन में शिक्षकों ने कहा कि पढ़ाई में निरा पोंगा है। हाईस्कूल में इतिहास, भूगोल तथा भाषा में फेल। मानव इतिहास में सर्वाधिक रचनात्मक मस्तिष्क वाले महान भौतिकशास्त्री।
- बचपन में नन्हे अल्बर्ट को वाचन करने, बोलने में तकलीफ थी। शिक्षकों को लगता था वह मानसिक रूप से कमजोर है और जीवन में कुछ विशेष नहीं कर सकेगा।

हाईस्कूल में इतिहास, भूगोल और भाषा में फेल हो गए। उन्हें स्कूल जरा भी पसन्द नहीं था। उनके प्रभाव में कहीं दूसरे बच्चे बिगड़ न जाएँ यह सोचकर उन्हें स्कूल से निकाल दिया गया।

ज्यूरिक पॉलिटेकनिक की प्रवेश परीक्षा में गणित के अलावा अन्य विषयों में फेल हुए, पर हार नहीं मानी। दूसरे स्कूल से डिप्लोमा प्राप्त करके अन्त में ज्यूरिक पॉलिटेकनिक में प्रवेश लिया।

गणित में आईंस्टाइन को बचपन से ही रुचि थी। 12 वर्ष की उम्र में भूमिति तथा 16 वर्ष की उम्र में (केलक्युलस) में निपुणता प्राप्त की। 17 वर्ष की उम्र में उन्हें समझ में आया कि गणित की अपेक्षा भौतिकशास्त्र उन्हें ज्यादा पसन्द है। कुशाग्र बुद्धि एवं प्रबल कल्पनाशक्ति

विकसित करके अन्त में विश्व के महान भौतिकशास्त्री बने। 26 वर्ष की उम्र में ब्रह्मांड को देखने की दृष्टि बदल देनेवाला सापेक्षवाद का सिद्धान्त सर्वाधिक प्रभावशाली सिद्धान्त दिया। विश्वविख्यात सूत्र $E = mc2$ दिया। फोटो इलेक्ट्रिक प्रभाव और क्वांटम सिद्धान्त में इनका योगदान भुलाया नहीं जा सकता। उन्होंने दुनिया का सबसे प्रसिद्ध 'नोबेल पुरस्कार' प्राप्त किया।

अल्बर्ट आईंस्टाइन मानते थे कि स्कूल बालक की जिज्ञासा तथा कल्पनाशक्ति को मार डालते हैं और इसी कारण वे स्कूली शिक्षा पद्धति के आजीवन विरोधी रहे।

थॉमस अल्वा एडीसन

- जीवन में कुल मिलाकर केवल तीन महीने ही स्कूल गए। शिक्षकों ने कहा कि वह जीवन में कुछ नहीं कर पाएँगे।
- बिजली का बल्ब तथा दूसरे अनेक जरूरी आविष्कार किए और दुनिया के सबसे महान आविष्कारक के रूप में जाने जाते हैं।

थॉमस आल्वा एडीसन दुनिया के सबसे महान आविष्कारकों में एक हैं। उन्होंने बिजली के बल्ब का आविष्कार किया।

चार वर्ष की उम्र तक तो उन्होंने बोलना नहीं सीखा था। उनके माता-पिता चिन्तित थे। जब 6 वर्षीय टॉम यानी थॉमस को स्कूल में डाला गया तब वह अपने आप में ही खोया रहता था और 'विचित्र प्रश्न' पूछता था। तीन महीने में ही शिक्षक इस बालक से तंग आ गए। बड़े सिर और असामान्य दिखनेवाला टॉम उन्हें मन्दबुद्धि लगता था। उन्होंने टॉम के माता-पिता को बुलाकर उसकी शिकायत की। अपने बच्चे में भरपूर विश्वास रखनेवाली माता ने टॉम को स्कूल से निकाल लिया और खुद ही उसे पढ़ाने का निश्चय किया।

टॉम ने फिर कभी स्कूल का मुँह नहीं देखा। 14 वर्ष की उम्र में एक दुर्घटना में सुनने की अपनी 90 प्रतिशत क्षमता खो देनेवाले किशोर

थॉमस एडीसन ने अपने सीखने के उत्साह को कभी कम नहीं होने दिया। बिजली के बल्ब की खोज करने के दौरान वह 1,000 बार असफल रहे, पर हारे नहीं और अन्त में सफल हुए।

दुनिया को टेलिग्राफ, फोनोग्राफ, बिजली का बल्ब, फिल्मी कैमरा, अल्काइन बैटरी और ऐसे अनेक अद्भुत आविष्कारों भेंट देनेवाला यह महान आविष्कारक अपने जीवन में मात्र तीन महीने ही स्कूल गया था, यह आश्चर्यजनक नहीं है?

चार्ल्स डार्विन

- शिक्षकों ने उन्हें मूर्ख समझा, डॉक्टर पिता ने 'परिवार के लिए कलंक' कहा।
- दुनिया को उत्क्रान्ति के सिद्धान्तों का उपहार दिया, उत्कृष्ट वनस्पतिशास्त्री की उपाधि प्राप्त की। न्यूटन जैसे महान् वैज्ञानिक के समकक्ष माने गए।

चार्ल्स डार्विन ने स्कूल के दिनों को अपने मानसिक विकास के सबसे बदतर दिन कहा है, क्योंकि वहाँ पुरानी भाषाओं, थोड़े पुराने इतिहास-भूगोल के सिवा ऐसा कुछ भी सीखने को न था जिसमें उनकी रुचि हो। वे भाषा, गणित तथा इतिहास में फेल हो जाते थे।

स्कूल में खराब परिणामों के कारण चार्ल्स शिक्षकों और अपने डॉक्टर पिता को मन्दबुद्धि लगने लगे। पिता ने यहाँ तक कहा, "तू अपने तथा परिवार के लिए कलंक बनेगा।" पिता के इन शब्दों की पीड़ा उन्हें आजीवन रही, परन्तु चार्ल्स ने अपनी राह खोजी। गहन सिद्धान्तों में उनकी रुचि जगने लगी। दुनिया के आश्चर्यों के विषय में पढ़ते हुए दुनिया को देखने की अदम्य इच्छा जनमी। घर के कैम्पस में बड़े भाई द्वारा बनाई गई कैमेस्ट्री लैब का प्रयोग उनके स्कूली जीवन की सबसे अच्छी घटना रही जबकि स्कूल के आचार्य ने ऐसे निरर्थक प्रयोग करने के लिए उन्हें 'लापरवाह' कहा।

स्कूली पढ़ाई पूरी करके डॉक्टरी पढ़ने गए, किन्तु चीर-फाड़ में रुचि नहीं जगी। अन्त में प्रकृतिविद् बने। दुनिया की यात्रा की और दुनिया को उत्क्रान्ति के सिद्धान्त दिए। वनस्पति जगत का गहन अध्ययन किया और श्रेष्ठ वनस्पतिशास्त्री बने। चार्ल्स डार्विन ने प्रकृति को देखने के मनुष्य के दृष्टिकोण में आमूल परिवर्तन कर दिया, मनुष्य को प्रकृति के साथ अनुबन्धित किया। दुनिया के इतिहास में उत्तम वैज्ञानिकों में उनका नाम शामिल हुआ।

श्रीनिवास रामानुजन

- कॉलेज में गणित को छोड़कर अन्य विषयों में लगातार तीन वर्ष फेल हुए, डिग्री नहीं ली।
- जीनियस गणितज्ञ, सबसे कम उम्र में ब्रिटेन की रॉयल सोसायटी की फैलोशिप, यूलर, जेकोबी जैसे जीनियस गणितशास्त्रियों के समकक्ष गणना हुई।

मात्र 32 वर्ष की उम्र पाई थी। 10 वर्ष की आयु में रामानुजन का परिचय पहली बार गणित से हुआ। 13 वर्ष की उम्र में त्रिकोणमिति में निपुणता प्राप्त की, स्कूली जीवन में गणित के ढेर सारे पुरस्कार जीते। सरकारी कॉलेज में पढ़ने के लिए स्कॉलरशिप प्राप्त की। कॉलेज में गणित में रमे रामानुजन अंग्रेजी, शरीर विज्ञान जैसे विषयों में लगातार तीन वर्ष फेल हुए। अन्त में बिना डिग्री लिए कॉलेज छोड़ दिया।

नौकरी की खोज में वे मद्रास के डेप्युटी कलेक्टर और 'इंडियन मैथमेटिकल सोसायटी' के स्थापक रामास्वामी अय्यर से मिले। उनसे प्रभावित होकर श्री अय्यर ने मद्रास कालेज में रामानुजन के अनुसन्धान तथा आजीविका की व्यवस्था कर दी। 'इंडियन मैथमेटिकल सोसायटी जर्नल' में रामानुजन के संशोधन लेख प्रकाशित होने लगे। 'बर्नुली नम्बर्स' के पहले प्रपत्र से वे भारत में प्रसिद्ध हो गए।

प्रसिद्ध कैम्ब्रिज यूनिवर्सिटी के गणित के प्रोफेसर जी.एच. हार्डी को रामानुजन का काम असाधारण लगा। उन्होंने रामानुजन को मना कर यू.के. बुला लिया। प्रो. हार्डी ने लिखा—" वह (रामानुजन) उच्चकोटि के गणितशास्त्री हैं, मौलिकता तथा असाधारण शक्तिवाले व्यक्ति हैं।" रामानुजन उन्हे महान गणितशास्त्री यूलर और जेकोबी के समकक्ष लगे। थोड़े ही समय में 30 वर्षीय रामानुजन को प्रतिष्ठित रॉयल सोसायटी ऑफ यू.के. की पी-एच.डी. की डिग्री तथा ट्रिनिटी कॉलेज, कैंब्रिज की फेलोशिप मिली, जो 1998 में एक भारतीय के लिए यह बहुत बड़ा सम्मान था।

विंस्टन चर्चिल

- स्कूल में मूर्ख विद्यार्थियों के अन्तिम वर्ग में स्थान, मिलिट्री प्रवेश परीक्षा में दो बार फेल।
- दुनिया के इतिहास में सर्वाधिक प्रभावशाली राजनेताओं में से एक, साहित्य का प्रतिष्ठित नोबेल पुरस्कार पानेवाले एक उत्तम लेखक।

बचपन में ही विंस्टन को स्कूल अरुचिकर लगते थे। डंडे की मार तथा डरावने पाठ दुश्मन हो गए थे। जिस समय लैटिन तथा ग्रीक भाषा सीखना ही सच्ची पढ़ाई मानी जाती थी, उस समय उनको एक ओर रखकर इतिहास, भूगोल में रुचि ली। नये स्कूल में प्रवेश के समय लैटिन और गणित के खराब रिजल्ट को देखकर (उन्हें) 'मूर्ख' विद्यार्थियों के अन्तिम वर्ग में रख दिया गया था। अंग्रेजी भाषा सीखने को मिली जो कमजोर विद्यार्थियों सीखने की चीज मानी जाती थी। पिता की नाराजगी मोल भी अंग्रेजी में रुचि ली, जो आगे चलकर वरदान सिद्ध हुआ।

ब्रिटिश आर्मी के साथ जुड़ने की उनकी बहुत इच्छा थी, किन्तु प्रवेश परीक्षा में दो बार फेल हुए। स्कूल छोड़ दिया, दूसरे की मदद लेकर तीसरे प्रयत्न में बड़ी मुश्किल से पास हुए। खराब रिजल्ट से

आर्मी में इच्छित जगह पर भर्ती न मिलने से पिता अत्यन्त नाराज हुए, किन्तु सिखाऊ सैनिक के रूप में विंस्टन को घोड़े के साथ काम करने को मिला जो उन्हें बहुत मजेदार लगा।

विंस्टन चर्चिल ने दुनिया की परवाह किये बिना वही किया जो उन्हें करना था। युद्धों में सैनिक-पत्रकार बने। राजनीति में प्रवेश करके बहुत से चुनाव हारने के बाद अन्त में ब्रिटेन के प्रधानमंत्री बने। द्वितीय विश्वयुद्ध में हार के गर्त में गिर रहे ब्रिटेन को उबारा, मजबूत किया। प्रजा में नई जान डाली और युद्ध में विजय दिलाई। उत्तम लेखक के रूप में उभरे और साहित्य का नोबेल पुरस्कार प्राप्त किया।

अब्राहम लिंकन

- जीवन में कुल 12 महीने स्कूल गए, कई चुनाव हारने के बाद अन्त में राष्ट्रपति बने।
- अमेरिका के महान राष्ट्रपति, गृहयुद्ध के दौरान राज्यों को रखा, गुलामी प्रथा समाप्त करने की शुरुआत की।

अमेरिका के महान राष्ट्रपति अब्राहम लिंकन को दुनिया उनके चारित्रिक गुणों, मन को झकझोर देनेवाले भाषणों तथा दृढ़ मनोबल और अदम्य साहस के बल पर गरीबी से निकलकर राष्ट्रपति बननेवाले अद्भुत व्यक्ति के रूप में याद करती है।

अब्राहम लिंकन विभिन्न स्कूलों में मिलाकर भी 12 महीने से अधिक नहीं गए थे। बचपन से ही उन्हें वाचन में रुचि थी। पढ़-पढ़कर स्वयं सीखते। किशोरावस्था से ही पैसे कमाने लगे और परिवार को पैसा देना शुरू किया। 21 वर्ष में परिवार से अलग हुए। मजदूरी की, उसी दौरान गुलामी प्रथा देखी और हमेशा के लिए उसके विरोधी बन गए। आजीविका के लिए दुकान खोली, सर्वेयर के रूप में काम किया, पोस्ट मास्टर बने। स्थानीय गुंडों का प्रतिकार किया और 'ईमानदार एबी (अब्राहम)' के रूप में प्रसिद्ध हुए।

23 वर्ष की उम्र में पहली बार स्थानीय चुनाव लड़े और हार गए। स्वयं अध्ययन करके वकील बने। 25 वर्ष की उम्र में पहली बार राज्य की विधानसभा में चुने गए। 37 वर्ष की उम्र में अमेरिका की मुख्य राजकीय सभा के निचले सदन में प्रतिनिधि बने। 45 वर्ष की उम्र में सेनेट का चुनाव हारे। दो वर्ष बाद उप राष्ट्रपति पद के उम्मीदवार के रूप में दल का चुनाव हारे। 49 वर्ष की उम्र में पुनः सेनेट का चुनाव हारे। 51 वर्ष की उम्र में, सन् 1960 में अमेरिका के राष्ट्रपति बने।

प्रत्येक हार के बाद अब्राहम लिंकन और अधिक जोश से उठ खड़े होते और हार को जीत में बदलते जाते। यदि थोड़ी असफलता के बाद बैठ गए होते तो अमेरिका को कभी भी ऐसा महान राष्ट्रपति न मिला होता।

चार्ल्स डिकेन्स

- पिता को जेल होने पर 12 वर्ष की उम्र में स्कूल छोड़कर मजदूरी की, 15 वर्ष की उम्र में पढ़ाई छोड़कर नौकरी में लगे।
- विक्टोरियन युग के महान उपन्यासकार और साहित्य के जीनियस कहलाए, 15 विश्वविख्यात उपन्यास, 5 लघु उपन्यास और सैकड़ों कहानियाँ लिखीं।

कर्जदार पिता को जेल होने से 12 वर्षीय चार्ल्स को स्कूल छोड़ने के लिए मजबूर होना पड़ा। परिवार को मदद करने के लिए उसने वेयरहाउस में प्रतिदिन दस-दस घंटे मजदूरी की। कठिनाइयों और कड़ी मजदूरी ने उन पर गहरा असर डाला। जब उनके पिता जेल से छूटे तब पुन: उन्हें स्कूल जाने का मौका मिला, परन्तु उद्‌देश्यहीन शिक्षा, हेडमास्टर के क्रूर व्यवहार और अपमानजनक भाषा के कारण उनकी रुचि स्कूल से खत्म हो गई थी। लेकिन अध्ययन की भूख जग चुकी थी।

15 वर्ष के चार्ल्स डिकेन्स ने एक वकील के यहाँ जूनियर क्लर्क की नौकरी शुरू कर दी। थोड़े दिनों में कोर्ट के संवाददाता और बाद में संसद तथा प्रेस पत्रकार बने। 21 वर्ष की उम्र में उनकी पहली कहानी छपी। उसके बाद समाचार-पत्रों तथा पत्रिकाओं में उनके लेख और

कहानियाँ छपते रहे। साप्ताहिक जर्नल में नियमित लेखन शुरू किया जो 20 वर्ष तक चला।

24 वर्ष की उम्र में उनका पहला उपन्यास 'पिकविक पेपर्स' अखबार में धारावाहिक के रूप में छपा, जो अपने चौथे ही एपीसोड में प्रख्यात हो गया और चार्ल्स इंग्लैंड के लोकप्रिय लेखक बने। 'ओलिवर ट्विस्ट' चार्ल्स डिकेन्स लेखक के रूप में स्थापित हुए। फिर एक के बाद एक कृतियाँ लिखते गए, जिन्होंने चार्ल्स डिकेन्स को महान लेखक बनाया। 'अ टेल ऑफ टू सिटीज' और 'ग्रैंड एक्सपेक्टेशन' उनकी विश्वविख्यात कृतियाँ बनीं।

रवीन्द्रनाथ ठाकुर

- पाँचवीं कक्षा तक पहुँचते-पहुँचते स्कूल से त्रस्त हो गए, स्कूल छोड़कर घर पर ही पढ़ाई की।
- विश्वप्रसिद्ध कवि और साहित्यकार, नोबेल पुरस्कार पानेवाले पहले एशियाई बने। शायद ही ऐसा कोई होगा जिससे भारत के राष्ट्रगान 'जन-गण-मन' के रचयिता 'राष्ट्रकवि' गुरुदेव रवीन्द्रनाथ का नाम न सुना हो।

बचपन में पाँच वर्ष के रवीन्द्रनाथ को घर से बाहर जाने की छूट न थी। घर जेल लगता था। दूसरे भाइयों को गाड़ी में स्कूल जाते देखकर जिद की, किन्तु स्कूल तो और बड़ा जेल लगा। जिस प्रकृति माता को वे खूब चाहते थे, उससे ही वे दूर हो गए, मानो पिंजड़े में बन्द पक्षी। वार्षिक परीक्षाएँ डरावनी लगतीं और उस यातना से गुजरना क्रूर गुलामी। उनका रोम-रोम स्कूल तथा स्कूल मास्टर के विरुद्ध विद्रोह करता था। उन्होंने पाँचवीं कक्षा के बाद हमेशा के लिए स्कूल छोड़ दिया।

रवीन्द्रनाथ को बचपन से ही कविता में रुचि थी। पहली कविता 6 वर्ष की उम्र में लिखी। देश-विदेश के साहित्य का व्यापक अध्ययन किया। उन्होंने कविताएँ, उपन्यास, कहानियाँ, गीत, नृत्य नाटिकाएँ, निबन्ध आदि लिखे। उनके काव्य संग्रह 'गीतांजलि' के लिए उन्हें विश्वप्रसिद्ध

नोबेल पुरस्कार मिला। उन्होंने जलियाँवाला बाग हत्याकांड के विरोध में ब्रिटेन द्वारा दी गई 'नाइट' की प्रतिष्ठित उपाधि वापस कर दी।

प. बंगाल में अपने सपनों का स्कूल 'शान्तिनिकेतन' खोला, जहाँ बालक को प्रकृति की गोद में उसकी इच्छा के अनुसार पढ़ने की छूट थी। आगे चलकर वह विश्वभारती यूनिवर्सिटी बनी। स्कूलों की रटने-रटानेवाली शिक्षा-पद्धति का उन्होंने सदैव विरोध किया।

बीथोवन (लुडविग वान बीथोवन)

- पूरी जिन्दगी गणित तथा वर्तनी (स्पेलिंग) में कच्चे रहे। 10 वर्ष की उम्र में स्कूल छूट गया।
- दुनिया के महान संगीतकार और पियानोवादक बने। उनकी 9 सिम्फनियाँ विश्व-संगीत की बेजोड़ रचनाएँ बनीं।

संगीत की दुनिया में अमर होनेवाले बीथोवन पढ़ाई में बेहद कमजोर थे। गणित तथा भाषा विशेष रूप से वर्तनी (स्पेलिंग) में जीवनभर कच्चे रहे। पिता सामान्य स्तर के संगीतकार तथा शराबी थे। बेटे को मोजार्ट जैसा संगीतकार बनाने की उनकी इच्छा जुनून बन गई थी। 10 वर्षीय बीथोवन को स्कूल से निकालकर प्रतिदिन घंटों तक संगीत सीखने और अभ्यास करने के लिए मजबूर करते। छोटी भूलों के लिए उन्हें सख्त मार पड़ती। सजा देने के लिए भूखों रखते। रात-रात भर जगाकर उन्हें संगीत का रियाज करना पड़ता, लेकिन इतनी क्रूरता सहने के बाद भी बीथोवन के अन्दर संगीत जीवित रहा।

12 वर्ष की उम्र में उसे संगीत के सच्चे शिक्षक मिले, जिसने बीथोवन की प्रतिभा को सही दिशा दी। परिवार को आर्थिक सहयोग देने के लिए 14 वर्ष की उम्र में उन्होंने राजदरबार में वादक की नौकरी स्वीकार की

और सबसे युवा संगीतकार बने। 22 वर्ष की उम्र में वियना गए, जहाँ महान संगीत शिक्षक जोसेफ हायडन से सघन प्रशिक्षण लिया। 25 वर्ष की उम्र में पहला सार्वजनिक कार्यक्रम किया। 30 वर्ष की उम्र में पहली सिम्फनी की रचना की और समग्र यूरोप में प्रसिद्ध हुए।

इसी दरम्यान उनकी सुनने की शक्ति क्षीण होने लगी। दुखी बीथोवन ने जोर लगाया और एक से बढ़कर एक उत्तम रचनाएँ दुनिया को देते गए। अपनी सर्वोत्तम कृति सिम्फनी-9 की रचना के समय तक वे पूरी तरह बहरे हो चुके थे।

कष्टपूर्ण बचपन, बहरापन फिर भी दुनिया के महान संगीतकार! कितनी अचरज भरी बात है!

वॉल्ट डिज्नी

- स्कूल में (पढ़ने में) सदैव कमजोर। शिक्षकों ने 'उल्लू का पट्ठा' कहा। शुरुआत में व्यापार में निष्फल होने से दिवालिया हुए।
- डिज्नीलैंड के सर्जक। एनिमेशन एवं विश्वविख्यात कार्टून फिल्मों के निर्माता।

मिकी माउस, गूफी तथा डोनाल्ड डक जैसे अमर कार्टून पात्रों के जनक वॉल्टर उर्फ वॉल्ट डिज्नी का पढ़ाई में जरा भी मन नहीं लगता था। रुचि थी केवल चित्र बनाने और लोगों का मनोरंजन करने में एक वर्ग के लिए 'मसखरे' और शिक्षकों के लिए 'उल्लू का पट्ठा' थे।

वॉल्ट ने जब से पेंसिल पकड़ना सीखा, तभी से चित्र बनाने लगे थे। वे कक्षाओं के दौरान भी चित्र बनाना बन्द नहीं करते थे। हाईस्कूल की मैगजीन के कार्टूनिस्ट थे। 16 वर्ष की उम्र में विश्वयुद्ध में भाग लेने के लिए हाईस्कूल तथा पढ़ाई छोड़ी, किन्तु उम्र कम होने से प्रवेश नहीं मिला। प्रमाण-पत्र बदलकर विश्वयुद्ध में एम्बुलेंस ड्राइवर के रूप में एक वर्ष तक भाग लिया। युद्ध के दौरान भी कार्टून बनाना जारी रखा।

विज्ञापन बनानेवाली अलग-अलग कम्पनियों में काम करते हुए एनिमेशन फिल्मों में रुचि बढ़ी। एनिमेशन फिल्में बनाना शुरू कीं और स्टूडियो भी खोला, किन्तु असफलताओं के कारण दिवालिया हो गए और स्टूडियो बन्द हो गया, पर हार मान लें, वह वॉल्ट नहीं! वे हॉलीवुड पहुँचे, नया डिज्नी स्टूडियो खोला। विश्वविख्यात कार्टून पात्र मिकी माउस का सृजन किया। मिकी माउस की सफलता के बाद फिल्में बनती गईं और वॉल्ट डिज्नी विश्वविख्यात होते गए। शुद्ध मनोरंजन प्रेमी वॉल्ट डिज्नी ने थीम पार्क डिज्नीलैंड बनवाया और इतिहास में अमर हो गए।

जॉर्ज बर्नार्ड शॉ

- स्कूल में खराब रिजल्ट। 30 वर्ष की उम्र तक रोजी-रोटी कमाने में निष्फल रहे।
- दुनिया के महान नाटककार। साहित्य का नोबेल पुरस्कार प्राप्त किया। पटकथा-लेखन के लिए ऑस्कर अवार्ड भी मिला।

20वीं सदी के आरम्भ में जॉर्ज बर्नार्ड शॉ ने यूरोप-अमेरिका में नाट्य-लेखक तथा कला समीक्षक के रूप में अत्यन्त प्रसिद्धि पाई। शेक्सपियर के बाद अंग्रेजी के महा नाटककार के रूप में उनकी गणना होती है।

बर्नार्ड शॉ को बचपन से ही वाचन खूब प्रिय था, परन्तु स्कूल उन्हें जरा भी पसन्द नहीं आता था। स्कूल जेल लगता और हेड मास्टर जेलर। खराब परिणामों के कारण कई स्कूल बदलने पड़े। अन्त में 15 वर्ष की उम्र में पढ़ाई छोड़कर क्लर्क की नौकरी की। माता के कारण संगीत और नाटक में खूब रुचि रही।

20 वर्ष की उम्र में लेखन तथा पत्रकारिता में अपनी आजीविका कमाने लन्दन पहुँचे। आरम्भ में उपन्यास लिखे, किन्तु उन्हें प्रकाशित करा पाने में असफल रहे। पत्रकारिता में रहते हुए राजनीति की ओर

आकृष्ट हुए और कार्ल मार्क्स को पढ़कर समाजवाद के प्रणेता बने। 9 वर्ष के संघर्ष के बाद पुस्तक समीक्षक तथा कला समीक्षक की नौकरी मिली। संगीत समीक्षक के रूप में खूब प्रख्यात हुए।

नाट्य-समीक्षा करते-करते नाटक लिखना आरम्भ किया। शुरुआत में अपने नाटकों को नाट्यगृह तक ले जाने में असफल रहे। 10 वर्ष बाद उनका पहला नाटक रंगमंच पर खेला गया और बहुप्रशंसित रहा। अलग-अलग सामाजिक विषयों पर एक के बाद एक कुल 60 नाटक लिखे। 1925 में उन्हें साहित्य का नोबेल पुरस्कार मिला।

मार्क ट्वेन

- परिवार को आर्थिक मदद करने के लिए 12 वर्ष की उम्र में स्कूल छोड़ी। पढ़ाई छूट गई।
- विश्वविख्यात लेखक। ऑक्सफोर्ड तथा येल यूनिवर्सिटी की मानद डिग्री। सबसे लोकप्रिय अमेरिकी लेखक के रूप में जाने गए।

19वीं सदी के सर्वाधिक लोकप्रिय अमेरिकी लेखक। उनका मूल नाम सेम्युअल क्लेमेंस था। पिता के असमय निधन ने 12 वर्ष की उम्र में स्कूल छोड़ने को विवश किया। एक अखबार में टाइपसेटर की नौकरी स्वीकार की। 15 वर्ष की उम्र में भाई के समाचार-पत्र में सहायक सम्पादक बने। भाप से चलनेवाली स्टीमर के प्रति बहुत आकर्षण। 21 वर्ष की उम्र में लाइसेंस लेकर स्टीमर चालक बनने का सपना पूरा किया, परन्तु नियति को कुछ और ही मंजूर था।

देश में गृहयुद्ध आरम्भ हो जाने से स्टीमर का कामकाज घट गया और कमाने के लिए पश्चिमी अमेरिका पहुँचे। आरम्भ में असफल व्यवसाय के बाद न्यूज पेपर में रिपोर्टर का काम किया। पेपर में मार्क ट्वेन के नाम से लिखना शुरू किया। 30 वर्ष की उम्र में पहली कहानी छपी और प्रसिद्ध हुए। 32 वर्ष की उम्र में अपनी समुद्री यात्रा से प्रेरित

यात्रा-वृतान्त लिखा जो अमेरिका का बेस्ट सेलर बना। 34 वर्ष की उम्र में देशभर में लोकप्रिय हुए। 41 वें वर्ष में प्रकाशित हुई उनकी पहली किशोर साहस कथा—'टॉम सोयर की साहस कथाएँ' ने उन्हें विश्वविख्यात किया। उनका उपन्यास 'हकल बेरी फ़िन की साहस कथाएँ' अमेरिका के महान उपन्यासों में से एक माना जाता है।

मार्क ट्वेन ने एक के बाद एक शानदार कथाएँ दुनिया को दी हैं। ब्रिटेन ऑक्सफोर्ड एवं येल यूनिवर्सिटी ने मानद डिग्री देकर उन्हें सम्मानित किया।

मेजर ध्यानचन्द

- स्कूली जीवन केवल 6 वर्ष का, तत्पश्चात पढ़ाई छोड़ दी।
- हॉकी के श्रेष्ठ खिलाड़ी बने। तीन ओलम्पिक गोल्ड मेडल, 400 अन्तरराष्ट्रीय गोल, पद्म विभूषण से सम्मानित।

विश्वभर में 'हॉकी के जादूगर' के रूप में प्रसिद्ध हुए मेजर ध्यानचन्द का स्कूली जीवन कुल मिलाकर 6 वर्ष का रहा। 16 वर्ष की उम्र में भारतीय सेना से जुड़े। सेना में ध्यानसिंह को हॉकी खेलता देखकर सूबेदार ने उन्हें हॉकी में आगे बढ़ने के लिए प्रोत्साहित किया, मार्गदर्शन दिया और उनकी प्रतिभा निखरी। ध्यानसिंह अपनी ड्यूटी के बाद रात को हॉकी की प्रैक्टिस करते थे। 1928 के दशक में फ्लड लाइट जैसी व्यवस्था न होने से वे रात में चाँद के निकलने की प्रतीक्षा करते थे ताकि चाँदनी के उजाले में अभ्यास कर सकें। जैसे ही चाँद निकलता, ध्यानसिंह मैदान में। साथी खिलाड़ियों ने इनका नाम रखा 'ध्यानचन्द।'

अपनी प्रतिभा के बल पर 1926 में वे भारतीय सेना की हॉकी टीम में चुने गए और न्यूजीलैंड का प्रवास किया। भारतीय टीम अधिकतर मैच जीतकर आई। 1928 के ओलम्पिक में भारत ने अपना पहला गोल्ड मेडल प्राप्त किया। ध्यानचन्द ने 5 मैचों में सबसे अधिक कुल 14 गोल

किये। उनके अद्भुत खेल के कारण स्थानीय समाचार-पत्र ने ध्यानचन्द को 'हॉकी का जादूगर' कहा गया। 1932 ओलम्पिक के फाइनल में भारत ने मेजबान अमेरिका को 24-1 से हराकर विश्व रिकार्ड बनाया, जिसमें ध्यानचन्द के 8 गोल थे। 1936 में बर्लिन ओलम्पिक के फाइनल में फेवरिट जर्मनी को 8-1 से हराकर तीसरी बार गोल्ड मेडल जीता। उसमें टीम के कप्तान ध्यानचन्द के 3 गोल थे।

400 अन्तरराष्ट्रीय गोल और अपने खेल जीवन में कुल 1,000 गोल करनेवाले मेजर ध्यानचन्द विश्व के श्रेष्ठ हॉकी खिलाड़ी बने।

उस्ताद बिस्मिल्ला खाँ

- औपचारिक स्कूली शिक्षा नहीं हुई।
- भारत के महान शहनाई वादक और शास्त्रीय संगीत के उस्ताद। 'भारत रत्न' से विभूषित हुए।

बिस्मिल्ला खाँ यानी शहनाई और शहनाई यानी बिस्मिल्ला खाँ! भारत के इस संगीतशास्त्री ने कोई औपचारिक शिक्षा नहीं ली थी। बिहार के राजदरबार में शहनाई वादक पिता के पुत्र बिस्मिल्ला खाँ को संगीत विरासत में मिला था। 6 वर्ष की उम्र में शास्त्रीय संगीत के लिए प्रख्यात वाराणसी आकर चाचा से शहनाई वादन की शिक्षा लेनी शुरू की। फिर तो शहनाई वादन की उनकी पढ़ाई और शिक्षा बनी। वे शहनाई की गहन साधना में डूब गए।

21 वर्ष की उम्र में कोलकाता के 'अखिल भारतीय संगीत समारोह' में शहनाई वादन करके वे देशभर में प्रसिद्ध हुए। साथ ही भारतीय संगीत-जगत् में शहनाई को महत्त्वपूर्ण स्थान दिलवाया। 1947 में उन्हें प्रथम स्वतंत्रता दिवस की संध्या पर दिल्ली के लाल किले से शहनाई बजाने का दुर्लभ सम्मान मिला और इस अमूल्य अवसर पर उन्होंने शहनाई वादन को विश्व स्तर पर पहुँचा दिया। प्रथम गणतंत्र दिवस के अवसर पर भी उन्होंने लाल किले से शहनाई वादन किया। 26 जनवरी, 1950

तत्पश्चात् हर वर्ष 15 अगस्त को बिस्मिल्ला खाँ का शहनाई वादन दूरदर्शन का रिवाज बन गया।

80 वर्ष तक अकेले ही भारत भर में ही नहीं अपितु संगीत के विश्वमंच पर शहनाई को महत्त्वपूर्ण स्थान दिलानेवाले उस्ताद बिस्मिल्ला खाँ की गणना भारत के महानतम संगीतशास्त्रियों में होती है।

लता मंगेशकर

- स्कूली शिक्षा शून्य। पतली आवाज के कारण शुरुआत में गायिका के रूप में रिजेक्ट हुई।
- 'स्वर साम्राज्ञी' के रूप में विश्वभर में विख्यात। गायिका के रूप में 70 वर्ष से भी अधिक का सफल कार्यकाल। 'भारत रत्न' से विभूषित।

दुनिया भर में 'भारत की बुलबुल', 'स्वर-किन्नरी' जैसे दुलारे नामों से प्रसिद्ध हुई लताजी ने 5 वर्ष की छोटी उम्र से पिताजी के संगीत-नाटकों में बाल कलाकार के रूप में काम करना शुरू कर दिया था। थोड़े ही दिनों में स्कूल को तिलांजलि दे दी। पिता के संगीत की विरासत लेकर बचपन से ही संगीत-साधना शुरू हुई। 13 वर्ष की उम्र में पहला फिल्मी गीत गाया। उसी दौरान पिता की अकाल मृत्यु होने पर घर चलाने की जिम्मेदारी लताजी पर आ पड़ी। उन्होंने नाटकों तथा फिल्मों में काम करना शुरू किया और कुछ ही वर्षों में मुम्बई आ गई।

शुरुआत में कुछ संगीतकारों ने लताजी को यह कहकर रिजेक्ट भी किया कि 'इनकी आवाज बहुत पतली है' पर बाद में इसी स्वर ने आनेवाले 50 वर्षों तक भारत के संगीत-प्रेमियों के दिलों पर राज किया। पार्श्वगायिका के रूप में उम्र के 16वें वर्ष में आरम्भ हुई उनकी यात्रा

70 वर्ष की उम्र तक चली। वर्ष 1949 में 20 वर्ष की उम्र में गाये 'महल' फिल्म के एक गीत लताजी को देशभर में रातोंरात प्रसिद्ध कर दिया। वे लगातार गायकी के शिखर पर चढ़ती रहीं और उस जमाने के अच्छे-अच्छे संगीतकारों के साथ काम किया। 60, 70 और 80 के दशकों में लताजी बॉलीवुड की सर्वाधिक प्रभावशाली गायिका रहीं। उन्हें एक के बाद एक पुरस्कार मिलते गए और उनकी लोकप्रियता भारत के बाहर दुनियाभर में फैली।

2001 में वे 'भारत रत्न' सम्मान पानेवाली गिनी-चुनी महिलाओं में शामिल हुईं। लताजी ने साबित कर दिखाया कि गहरी लगन और सघन साधना द्वारा दीर्घकालीन सफलता मिलती है न कि उच्च परिणामों और बड़ी डिग्रियों से।

अमिताभ बच्चन

- 'ऑल इंडिया रेडियो' के ऑडिशन में फेल। शुरुआती दर्जनभर फिल्में असफल।
- सदी के महानायक के रूप में अत्यन्त लोकप्रिय। आदरणीय अभिनेता, लाखों युवकों के रोल मॉडल, विश्वभर में प्रसिद्ध।

पिछले पाँच दशक से अमिताभ बच्चन किसी जीवन्त दन्तकथा का स्थान ले चुके हैं। उनकी गम्भीर-भारी आवाज, ऊँचा कद, अभिनय और सौजन्यपूर्ण व्यक्तित्व के करोड़ों प्रशंसक हैं।

ग्रेजुएट और नौकरी खोज रहे अमिताभ को पहली विफलता उनकी आवाज के कारण मिली थी। अपनी भारी आवाज के कारण 'ऑल इंडिया रेडियो' के ऑडिशन में फेल हुए। एक्टर बनने मुम्बई आए। प्रतिदिन डायरेक्टरों तथा स्टूडियो के चक्कर काटने लगे। भारी आवाज के अलावा उनका दुबला-पतला ऊँचा कद, साँवला रंग भी लोगों को पसन्द नहीं आया। एक छोटा-सा रोल पाना भी मुश्किल लग रहा था। शुभचिन्तकों ने वापस चले जाने की सलाह देना शुरू कर दिया। अमिताभ को भी लगा कि बस, अब लौट जाना चाहिए, तभी एक फिल्म में छोटा-सा रोल मिला। उन्हें न्यूकमर का

नेशनल अवॉर्ड मिला और फिल्मों में छोटी-मोटी भूमिकाएँ मिलनी शुरू हो गईं।

अमिताभ की लगभग एक दर्जन आरम्भिक फिल्में फ्लॉप गईं। उन पर 'अपशकुन' का ठप्पा भी लगा, परन्तु खूब परिश्रमी तथा निष्ठावान अमिताभ को अपना कौशल दिखाने का मौका मिला। फिल्म 'आनन्द' सफल हुई। पहला फिल्मफेयर अवॉर्ड मिला। उसके बाद उन्होंने कभी पीछे मुड़कर नहीं देखा। 1968 से शुरू हुई फिल्मी यात्रा के पचास वर्ष पूरे हो रहे हैं। देश-विदेश के ढेर सारे सम्मान, सैकड़ों अवॉर्ड और करोड़ों लोगों के प्रेम ने उन्हें 'सदी का महानायक' बनाया है।

सचिन तेन्दुलकर

- क्रिकेट में अत्यधिक रुचि और व्यस्तता के कारण 10वीं कक्षा में लगातार तीन बार फेल। पास हुए लेकिन पढ़ाई छोड़ दी।
- अपने देश के ही नहीं, विश्व के महान क्रिकेटरों में से एक। 'भारत रत्न' से विभूषित।

हमारे देश के ही नहीं, बल्कि दुनिया के महान क्रिकेटर हैं—सचिन तेन्दुलकर। क्रिकेट का यह महारथी मनुष्य के रूप में भी खूब उम्दा और सज्जन है।

क्रिकेट में रुचि और व्यस्तता के चलते दसवीं कक्षा की बोर्ड परीक्षा में लगातार तीन वर्ष पास नहीं हुए। कहने के लिए बाद में दसवीं पास की और पढ़ाई छोड़ दी। जीवन में क्या करना है, यह उन्होंने तय कर लिया था। अपने दिल का कहना माना और क्रिकेट को अपना जीवन बना लिया। स्कूल जाना बन्द हुआ, किन्तु शिक्षा जारी रही। परीक्षा के लिए एक घंटा पढ़ने बैठते तो झपकियाँ लेते जबकि 10-10 घंटे लगातार क्रिकेट का अभ्यास भी उन्हें कम लगता था।

अपनी विशिष्ट प्रतिभा को बचपन में ही परखकर अथक परिश्रम और निरन्तर सीखते रहने की कला से सफलता के शिखरों पर चढ़े।

क्रिकेट क्षेत्र के विभिन्न रेकॉड्र्स और अवॉड्र्स अपने नाम किए। 'पद्मश्री', 'पद्मविभूषण' और देश का सर्वोच्च नागरिक सम्मान 'भारत रत्न' प्राप्त किया।

कैसा असाधारण टेलेंट! क्या ऐसी कोई-न-कोई प्रतिभा प्रत्येक बालक में नहीं होती? यदि 10वीं कक्षा में पहली बार फेल होने पर सचिन के क्रिकेट खेलने पर प्रतिबन्ध लगा दिया गया होता और पढ़-लिखकर पहले 'डिग्री' लेने पर जोर दिया गया होता तो?

आमिर खान

- स्कूल में भाषा तथा इतिहास जैसे विषयों में फेल हुए। 12वीं के बाद पढ़ाई छोड़ दी।
- समकालीन भारतीय सिनेमा के सबसे लोकप्रिय और प्रभावशाली कलाकारों में से एक। 'पद्मभूषण' से सम्मानित।

बचपन में आमिर खान को पढ़ाई में कम तथा खेलकूद में अधिक मजा आता था। भाषा तथा इतिहास जैसे विषयों में कई बार फेल हुए। सामान्य बालकों की ही तरह आमिर खान को भी परीक्षा तथा फेल होने से बहुत डर लगता था। पढ़ाई छोड़ देने के बाद भी 20 वर्ष तक परीक्षा के डरावने सपने आते रहे।

उस समय एक व्यक्ति ने उन्हें बहुत सहारा दिया, वह थे उनके पिता ताहिर हुसैन। जब भी वह फेल होते या रिजल्ट खराब आता और जब-जब उनकी माताजी आमिर के खराब रिजल्ट की शिकायत पिता से करती तब पिता हमेशा यह कहकर उनकी बात को हँसी में उड़ा देते थे, "दो ही विषय में क्यों फेल हुआ, चार में क्यों नहीं?" पिताजी ने जिन्दगी को मजे से जीने और ईमानदार रहने की सलाह दी।

बेटे पर पिता के गहरे विश्वास ने युवक आमिर में खूब आत्मविश्वास जगाया। फिल्म में कॅरियर बनाने के लिए 12वीं के बाद पढ़ाई छोड़ दी और एक्टिंग में डूब गए। परिपूर्णता (परफेक्शन) के आग्रही आमिर खान मात्र एक्टर के रूप में ही नहीं, बल्कि निर्माता-निर्देशक के रूप में भी खूब सफल हुए। ढेर सारे पुरस्कार जीते और भारत में ही नहीं, विदेशों में भी अत्यन्त लोकप्रिय हुए।

शिक्षा के नाम पर बच्चों पर अत्याचार करनेवाले

एक पिता का
माफीनामा

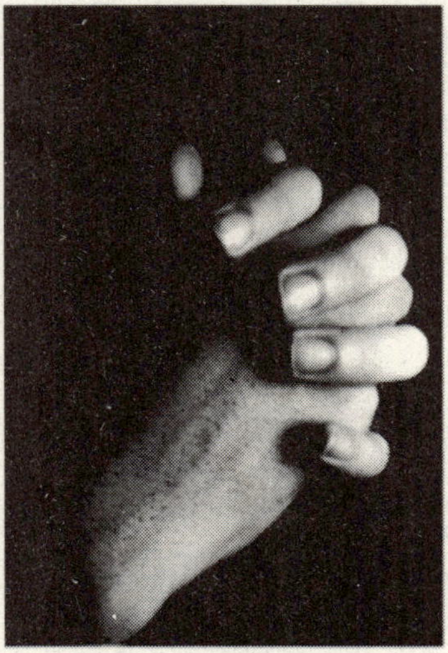

मेरे प्यारे बच्चो

मेरे प्यारे बच्चो,
मैंने बहुत ही भयंकर भूलें की हैं।

मैंने पढ़ाई के लिए आप पर भयानक दबाव डाला।
आपको शिक्षा के बोझ तले नाहक कुचल दिया।
मार्क्स और ग्रेड के लिए मैंने आप पर अपनी अपेक्षाएँ लादीं।
यह सब करने में कभी मैंने आप पर हाथ भी उठाया।
हमारे नन्दन वन जैसे घर को मैंने मानो नरक बना दिया।

अब, मुझे अपनी गलतियों का पूरा-पूरा एहसास हो चुका है।
सच्ची सफलता के रहस्य अब मुझे अच्छी तरह से समझ आ गए हैं।
अब मैं तुम पर अत्याचार करना नहीं चाहता,
मैं बहुत पछता रहा हूँ और मैं अपनी गलतियों को सुधारना चाहता हूँ।
क्या तुम मुझे माफ करोगे?
सब ठीक करने के लिए क्या मुझे एक मौका दोगे?

तुम्हारा गुनहगार,
तुम्हारा पापा

कितने माता-पिता इतने कमनसीब होंगे!

कितने माता या पिता इतने कमनसीब होंगे,
जो अपने बच्चों को दिलोजान से न चाहते हों?

भला कोई माता या पिता ऐसे हो सकते हैं,
जो अपने ही बच्चों का भला न चाहते हों?

और फिर कोई माता या पिता ऐसे भी होंगे,
जिन्होंने बच्चों के विकास में गलतियाँ न की हों?

प्रत्येक माता-पिता अन्ततः अपनी समझ के अनुसार
बच्चों का पालन-पोषण करते हैं।

मैं भी तो एक ऐसा ही पिता हूँ, मैंने भी गलतियाँ की हैं,
यह मैं कबूल करता हूँ।
लेकिन मैं अपने बच्चों से इतना प्यार करता हूँ कि
अपनी कोई भी गलती सुधारने के लिए मैं तत्पर हूँ।

अगर मैं अपने में ही सुधार नहीं ला पाया तो मैं अपने बच्चों से क्या अपेक्षा रख सकूँ?

आशा है, आप मेरी भावनाओं को समझ सकोगे...

—संजीव शाह

मैं तुम्हारा अपराधी हूँ

मेरे प्यारे परीक्षित और नियति,

तुम दोनों को आश्चर्य हो रहा होगा कि पिताजी ने दोनों को एक साथ पत्र क्यों लिखा है? कुछ ऐसा हुआ है कि मुझे विस्तारपूर्वक तुम्हें सब कुछ समझाना पड़ रहा है। सच कहूँ तो कहाँ से शुरुआत करूँ, यही मेरी समझ में नहीं आ रहा।

सबसे पहले तो मुझे तुम दोनों से हृदय से माफी माँगनी हैं, नियति से तो विशेष तौर पर क्योंकि अभी वह ग्यारहवीं कक्षा में है और पिछले वर्ष बोर्ड की परीक्षा के समय उसे मेरे कई अत्याचार सहने पड़े थे। परीक्षित, तुम तो नवीं कक्षा में हो, फिर भी पढ़ाई को लेकर मैंने तुम पर दबाव डालने में कोई कसर नहीं छोड़ी है। इन्हीं बातों को लेकर कितनी बार तुम पर मेरा हाथ भी उठ गया है। बहुत गुस्से में मैंने तुम दोनों को ऐसा भी बहुत कुछ कहा है जो मुझे नहीं कहना चाहिए था। इस समय वह सब याद आने पर मेरी आँखों में आँसू आ जाते हैं। माता-पिता की जो भूमिका हमें निभानी चाहिए थी, उसमें कोई कमी रह गई।

कई बार मैंने तुमसे कहा है कि मैं पढ़ाई में ठीक-ठाक था, कमजोर नहीं था, लेकिन अव्वल भी नहीं आ सकता था, जबकि मेरे बड़े भाई 'स्कॉलर' कहलाते थे। मुझे हमेशा उनका उदाहरण दिया जाता था और उनकी तरह ही अच्छे नम्बर लाने के लिए दबाव डाला जाता था। मुझे हमेशा यह अफसोस रहा कि काश, मुझे भी वैसा मान-सम्मान मिलता,

जैसा मेरे बड़े भाई को मिलता हैं। मेरा रिज़ल्ट इतना अच्छा नहीं आया था, जिससे मुझे शहर और राज्य के सबसे बेस्ट कहे जानेवाले कॉलेज में एडमिशन मिल पाता। इस वजह से मुझे बाहर जाकर हॉस्टल में रहकर पढ़ाई करनी पड़ी। पढ़ाई में अपना कमजोर प्रदर्शन देखकर मैं बहुत दु:खी रहता था। अपने होशियार मित्रों की मुझे ईर्ष्या भी होती थी। पढ़ाई के बाद नौकरी में भी मेरा परफॉर्मेंस सामान्य रहा और मेरा अफसोस लगातार बना रहा। जब से मैंने अपनी नौकरी से ऊबकर अपना स्वतंत्र व्यवसाय शुरू किया है, तब से मेरी परिस्थिति कुछ सुधरी। फिर मैंने जीवन में काफी प्रगति की और मेरा आत्मविश्वास भी बढ़ा है, लेकिन पढ़ाईवाला वह अफसोस तो मेरे दिल की गहराई में घर करके ही बैठा रहा।

बस, जाने-अनजाने अपना अफसोस, अपनी अधूरी इच्छाएँ आप लोगों पर थोप रहा था, इसका खयाल मुझे नहीं आया। तुमको पता है कि मैं और तुम्हारी मम्मी एक संस्था में आदर्श जीवन की फिलॉसफी, विज्ञान और कला सीखने के लिए जाते हैं। वहाँ कुछ और मित्र भी आते हैं। पिछले साल से ही मुझे अपनी कुछ गलतियाँ समझ आनी शुरू हुई थीं। तब भी सभी पुरानी मान्यताएँ छूटती नहीं थीं। अन्दर ही अन्दर गहराई में भयंकर उथल-पुथल तो तब भी हो ही रही थी। तुम लोगों को पता नहीं होगा, लेकिन जब तुम दोनों सो जाते हो, उस समय तुम्हारे मासूम चेहरों को देखकर मुझे अपने आप से घृणा होने लगती थी। मैंने अपनी जान से भी प्यारे अपने बच्चों की क्या हालत कर दी है। मैं अन्दर ही अन्दर घुलने लगा था, लेकिन निरन्तर वाचन और चिन्तन-मनन करने की आदत ने मुझे बचाया।

आपको लग रहा होगा कि पापा को यह क्या हो गया है? असली बात क्यों नहीं कह डालते? पर थोड़ा और सब्र रखो। मैं आपसे शुरू से बात करना चाहता हूँ।

कुछ महीनों पहले हमारे विद्यालय के सहपाठीओं का रीयूनियन था, जहाँ तुम लोगों को भी मैं जबरदस्ती ले गया था। (उसके लिए भी 'सॉरी' कहना है, पर बाद में) तुम जानते हो कि वहाँ जो राहुल अंकल थे, वे हमारे क्लास के रैंकर थे। अभी वह लन्दन में बहुत बड़े सर्जन हैं। तुम उन पर हँस रहे थे, क्योंकि वे बहुत मोटे थे। वैसे तो यह अच्छी बात नहीं है कि एक डॉक्टर होने के बाद भी वह खुद अपने स्वास्थ्य के प्रति लापरवाह हो, परन्तु आपको यह जानकर शायद उनसे सहानुभूति होगी कि अभी-अभी उनका तलाक हुआ है। उनके बच्चे भी उनसे दूर हो गए हैं। लन्दन के एक बहुत प्रसिद्ध इलाके में उनका बहुत बड़ा मकान है। उन्होंने पूरी दुनिया घूमी है, लेकिन वह बेहद दुखी है। वह मुझसे कह रहा था कि यार, मुझे तुमसे बहुत ईर्ष्या हो रही है। तू हर तरह से सुखी है। उसने अपनी ढेर सारी निजी बातें मेरे साथ शेयर कीं। उसके हर एक शब्द से दु:ख टपक रहा था। उसकी बातों से लगा कि वास्तव में उसे डॉक्टर तो बनना ही नहीं था। वह ऑपरेशन तो करता है, लेकिन यह भी कहता है कि अगर उसका बस चले तो सब छोड़-छाड़ कर कहीं भाग जाए...! मैंने कहा, तो फिर छोड़ दे न! जवाब में उसने गहरी साँस छोड़ी। ऐसा लग रहा था कि अब जिन्दगी बदलने की हिम्मत भी उसमें नहीं रही है। मेरी पहले की पुरानी ईर्ष्या, पुराना अफसोस अब पिघलने लगा। मैं कभी जिसकी तरह बनने के अरमान रखता था, उसी को देखकर आज मुझे लग रहा था कि मैं कितना भाग्यशाली हूँ!

और वह परेश अंकल दिल्ली में सरकारी ऑफिसर हैं। उन्होंने भी बहुत पैसा कमाया, जमीनें खरीद लीं, फार्म हाउस बनाया है। पहले तो वह हम सबके सामने तुरही बजा रहे थे। फिर थोड़ी देर बाद कहने लगा कि यार, हमारी भी कोई जिन्दगी है? पूरा समय साहब लोगों की खुशामद करते रहो। उसे इतनी ज्यादा शिकायतें थीं कि वो लगातार सबकी निन्दा करता रहा। उसने कहा कि उसके बच्चे भी बिलकुल बिगड़ गए हैं। और

उसे पता था कि उसमें सारा दोष उसी का है। ऐसे लग रहा था कि भले ही वह बड़ा ऑफिसर है, पर उसे पता था अभी भी वह समझदार नहीं हुआ है। और यह स्पष्ट था ही कि वह खुश नहीं है।

हमारे क्लास में लड़कियाँ कम आती थीं, पर झरना नाम की एक होशियार लड़की थी, उस दिन अपने परिवार के साथ आई थी। वह रैंकर तो थी ही, वह चित्रकला में भी बहुत अच्छी थी (शैतान बच्चो, मुझे पता है कि तुम मन-ही-मन हँस रहे होगे, पर वाकई हम अच्छे दोस्त थे और तुम्हारी माँ को सब पता है)। हम कई बार परीक्षा की तैयारी एक साथ करते थे। उसकी डिफिकल्टीज मैं सॉल्व करता था, पर मार्क्स उसे ज्यादा मिलते थे! वह आर्किटेक्ट बनी और बाद में उसने 'इंटीरियर डेकोरेशन' का व्यवसाय शुरू किया था। उसके बाद हमारा सम्पर्क नहीं रहा। मैंने उसे पूछा कि, क्या चल रहा है? तो उसने मन्द-मन्द मुस्कुराते हुए कहा—बस, अच्छा है। बच्चे अब बड़े हो गए हैं। इसलिए अभी लाइफ में थोड़ा वैक्यूम (खालीपन) लग रहा है। मैंने चौंक कर, आश्चर्य से पूछा, क्यों 'इंटीरियर डेकोरेशन' का क्या हुआ? उसने कहा, वह तो शादी के बाद ही छोड़ दिया था। संगम को पसन्द नहीं था। संगम उसके पति का नाम है और उसने किसी विषय में पी.एच.डी. की है। मुझे कैसा लगा होगा, उसकी आप कल्पना कर सकते हो। डॉक्टरेट करने के बाद, बीस साल पढ़ाई करने के बाद मनुष्य पैसे तो कमाता है, लेकिन विचारों से तो कंगाल ही रह जाता है।

इन सब में हमारा पंकज भी था। बड़ी मुश्किल से पास होता था वह एक गरीब परिवार से आता था। परोपकारी स्वभाव का लड़का था और खूब शालीन था। मुझे याद है कि अचानक उसके पिताजी की मृत्यु होने के बाद पहले वर्ष के उपरान्त उसे कॉलेज छोड़ना पड़ा था। उसका चेहरा इस उम्र में भी खिला-खिला लग रहा था। पत्नी भी हँसमुख, खुशहाल लग रही थी। उसने छोटे-मोटे धन्धे से शुरुआत की। अभी वह

बच्चों के खिलौने की एक दुकान का मालिक है। ऐसा कह सकते हैं कि दुकान बस नाम की ही है। दुकान में पैर रखनेवाले हर माँ-बाप को वह समझाता है कि बच्चे खेलते-खेलते बहुत कुछ सीख सकते हैं। वह बच्चों की परवरिश सम्बन्धी किताबें रखता है और ग्राहकों को जिद कर-करके उपहार स्वरूप देता है। वह मुझसे कह रहा था कि अरे यार, अच्छा हुआ कि कॉलेज छूट गया। मैंने तो फुरसत के समय में तेजी से देश-विदेश की किताबें पढ़ना शुरू कर दिया। मेरी तो जिन्दगी बन गई। उसने मुझे ऐसी कुछ किताबों के नाम भी सुझाए, जो मैंने भी नहीं पढ़ी थीं। मेरे मन में उसके लिए आदर और प्रेम से भर गया।

तो मेरे प्यारे बच्चो, अब तो आपको थोड़ा-थोड़ा पता चल गया होगा कि मेरे अन्दर क्या उथल-पुथल शुरू हुई है। जैसे मेरी तो आँखें बन्द थीं और अब खुल गई, क्या यह एजुकेशन है? इन सब रैंकर्स की क्या हालत है? किसी के स्वास्थ्य का ठिकाना नहीं, किसी का पारिवारिक जीवन संकट में है, किसी की जिन्दगी में प्रेम ही नहीं है, कोई धन-सम्पत्ति होते हुए भी बिलकुल अकेला महसूस कर रहा है, कोई भ्रष्टाचारी बन गया है और उसी को जीवन समझ रहा है, कोई हिम्मत हार गया है तो कोई जैसे-तैसे जिन्दगी गुजार रहा है। अगर यही एजुकेशन है, तो मुझे किस बात का अफसोस हो रहा है? मेरे लिए तो मित्रों के साथ यह पुनर्मिलन आँखें खोलनेवाला बन गया। सवाल आया कि क्या अभी भी शिक्षा व्यवस्था की हालत वैसी ही है? जिस तरह मैं फँस गया, उसी तरह कहीं तुम भी तो नहीं फँसे रहे हो?

फिर मैंने अन्य लोगों के जीवन पर ध्यान देना शुरू किया। हमारे अड़ोस-पड़ोस के लोग, मेरे साथ व्यवसाय से जुड़े लोग, वर्तमान शिक्षा से जुड़े शिक्षक, ट्यूशनवाले, छात्र—सबका निरीक्षण करने लगा। धीरे-धीरे मुझे समझ आने लगा कि अब तो शिक्षा और खतरनाक हो गई है। लोग यह मानते हैं कि महँगा स्कूल मतलब अच्छा स्कूल। बच्चे जितना

स्कूल से ट्यूशन को दौड़ें, वे उतना ज्यादा शिक्षित कहे जाते हैं। बस, एक खतरनाक दौड़ है। विज्ञान की पूजा करो, उच्चतम ग्रेड लाओ, नम्बरों के पीछे ऐसे पड़ो जैसे थोड़े कम नम्बर आए तो जीवन खराब हो जाएगा। याद करो, रट्टा मारो, भूल जाओ, फिर से याद करो, दौड़ो, स्पर्धा करो, जीत जाओ, दूसरों को हरा दो, जो चाहे वो करो, बस परीक्षा दो, एडमिशन पाओ, लाखों रुपए की नौकरी पा लो, लाइफ सेट हो जाएगी। यही भ्रम है और यही धोखा है! किसी को आगे-पीछे देखने की तो पड़ी ही नहीं है कि जीवन ही नष्ट हो रहा है।

वैसे तो एजुकेशन में केवल याद रखने का ही वर्चस्व हो गया है। लेकिन विडम्बना तो देखो कि यहाँ बुद्धि का ही अकाल पड़ा है। सभी भाग रहे हैं, पर किसी को भी यह सूझ नहीं रहा है कि वे कहाँ जा कहाँ रहे हैं? कहाँ जाना है, यह बाद में देखा जाएगा; अभी तो सब भाग रहे हैं तो हम भी भागेंगे। नहीं तो कुछ पीछे रह जाएगा या हम कुछ खो देंगे। क्या खोया है और क्या मिलनेवाला है, इसकी असलियत जानने की किसी को नहीं पड़ी है। अक्ल का अभाव इस हद तक है तो उसमें रैंकर कहे जानेवाले सच में अव्वल ही कहे जाएँगे। बुद्धि से याद किया जा सकता है, लेकिन सोचना तो कोर्स में नहीं है। विचार करने से सीखना आता है, लेकिन आजकल उसके भी जवाब गाइड में से ही कॉपी करने होते हैं!

खैर, मुझे अचानक यह समझ आ गया है कि यह एक खतरनाक जेल है, जहाँ एक के बाद एक पीढ़ियाँ बर्बाद हो रही हैं। और मुझे यह भी समझ आया है, कि आज समझदारी की बातें करनेवाला मैं भी कुछ ही महीनों पहले इसी जेल का एक हिस्सा हुआ करता था, तुम दोनों पर जुल्म ढानेवाला अत्याचारी और गुनहगार। अच्छा ही हुआ कि मैं भी अब किसी को दोष देने की या गुरुता महसूस करने की प्रवृत्ति से बच जाऊँगा।

मुझे याद है नियति, तू जब छोटी थी तब मैं अपनी प्यारी बेटी को कितना लाड़-प्यार करता था। तेरी हर एक बात में मुझे खूबियाँ ही

दिखाई देती थीं और मैं तेरी बातें और प्रशंसा करते मैं थकता नहीं था। तू कितनी निर्दोष है, कितनी भली है...एक बार तू अपना पसन्दीदा खिलौना एक रोते हुए बच्चे को देने के लिए तैयार हो गई थी। तब मैं तेरी त्याग भावना देखकर कितना गौरव महसूस कर रहा था। कला में तेरे रुझान की तारीफ सुन-सुनकर तो मेरे मित्र थक गए थे। तू नृत्य करती थी या फिर परीकथाओं में खो जाती थी, तब मैं तुम्हें एकटक देखता रहता था। तुम्हारी हँसी और किलकारी पर मैं जान न्योछावर कर सकता हूँ, तू मेरी इतनी प्यारी बेटी है।

और फिर...तुम तब सातवीं कक्षा में थी। परिणाम-पत्र लेकर घर आई थी। गणित में तुम्हें बहुत ही कम अंक मिले थे और शिक्षक ने टिप्पणी दी थी कि अभिभावक को ध्यान रखना चाहिए। हमें स्कूल में मिलने के लिए भी बुलाया गया था। मुझे बहुत गुस्सा आया था और मेरा दिमाग घूम गया। मैंने तुम्हें कितनी बुरी तरह धमकाया! तुम कितनी डर गई थी? कैसा पिता था मैं, जो अपने दिल के टुकड़े अपनी बेटी को डरा रहा था। गुस्सा होना तो ठीक है, लेकिन वजह? यही न कि माता-पिता होने के नाते हमें कितना नीचा दिखाया जा रहा था। मेरी इज्जत तो जैसे मिट्टी में मिल गई थी। मेरी बच्ची और पढ़ाई में कमजोर? इसलिए मुझे अपना इतिहास दुहराता हुआ दिखाई दिया, जबकि मैंने तो यह कल्पना कर ली थी कि मेरे बच्चे रैंकर ही होंगे और मेरा नाम रोशन करेंगे! क्षण भर जो गर्व मैंने अपनी प्यारी बेटी के लिए महसूस किया था, वे सब हवा हो गए। कारण? सिर्फ गणित की एक बेकार किताब? एक सामान्य परीक्षा, एक स्कूल का फालतू परिणाम-पत्र? तुम पर गुस्सा तो किया ही, लेकिन स्कूल में शिक्षकों के सामने भी तुम्हें बहुत डाँटा। तुम्हारे दिल पर क्या गुजर रही होगी, इसके बारे में सोचने की मुझे परवाह ही नहीं थी। और मैं तो यही मानकर चल रहा था कि ऐसा करके मैं बहुत अच्छा पिता बन रहा हूँ। मुझे माफ कर दे मेरी प्यारी बच्ची...

वास्तव में तो गणित का तेरा परिणाम जानकर मुझे कुछ ज्यादा परेशान नहीं होना चाहिए था। अगर तुम्हारा प्रदर्शन खराब है तो उसमें तुम्हारा विद्यालय और तुम्हारे शिक्षकों की क्या कोई जिम्मेदारी नहीं? किसी बालक का परिणाम अगर अच्छा आए, तो माता-पिता को विद्यालय में पेरेंट-टीचर मीटिंग में बुलाकर उनका सत्कार नहीं किया जाता। तब तो विद्यालय ढिंढोरा पीटता है कि यह हमारा विद्यार्थी है, स्कूल का नाम रौशन कर रहा है। तो क्या कम नम्बर लानेवाला विद्यार्थी उनका नहीं है? पहले तो उन्हें यह कहना चाहिए कि यह हमारी कमी है, हमारी असफलता है कि हमारे छात्रों का परिणाम अच्छा नहीं आया है। तभी उसे अच्छा विद्यालय कहा जा सकता है। हमारे विद्यालय तो गैरजिम्मेदारी और दोषारोपण की भाषा ही बोलते आए हैं तो फिर छात्र भी दूसरों के दोष ही देखते रहें तो उसमें क्या आश्चर्य पर बेटा, शर्म की बात तो मेरे लिए ही थी। तुम्हारे साथ खड़ा था कि दुनिया तुम्हें कष्ट न पहुँचा सके, स्कूल की तो क्या मजाल, लेकिन उस समय मैंने तुम्हें बिलकुल अकेला छोड़ दिया था।

बेटा, जब तुझे ऐसा लगा होगा कि मेरे पापा को मेरी वजह से शरम आ रही है। मैं कितनी खराब हूँ, बेस्ट बच्ची नहीं हूँ, मैं मेरे पापा को प्राउड फील नहीं करवा सकती। तू कितनी हताश और दु:खी हो गई होगी? एक क्षण में मैंने अपने हाथों से अपनी लाडली बेटी का आत्मविश्वास हिला दिया। शर्मनाक व्यवहार तो मेरा था। कमजोर तो मैं था, तू नहीं मैं ही तेरा बेस्ट पापा बनने से पिछड़ रहा था और यह मेरी घोर निष्फलता थी। यदि आज फिर वैसी घटना घटे तो मैं दुबारा ऐसा व्यवहार नहीं करूँगा। तेरे स्कूल में आकर मैं तेरे शिक्षकों से कहता कि मेरी बेटी कितनी अच्छी है और फिर भी आपको लगता है कि वह किसी विषय में कमजोर है तो आप ज्यादा मेहनत करो और अच्छी तरह सिखाओ। और अगर विद्यालय वह नहीं करता और मुझे ऐसे लगता कि तुझे गणित में अभ्यास की

जरूरत है, तो फिर मैं खुद तुझे हँसते-खेलते सिखाता गणित। लेकिन उस वक्त तो मैं वैसे हिम्मत हार गया था। मेरा प्रेम कितना लाचार, कितना निर्बल साबित हुआ। आशा करता हूँ कि तू मुझे माफ करेगी। किस मुँह से तुझसे माफी माँगूँ, समझ में नहीं आ रहा है।

सातवीं कक्षा से जो सिलसिला शुरू हुआ था, वह आज तक चल रहा था। सीधे या टेढ़े तरीके से, जोर-जबरदस्ती करके मैंने तुझे विज्ञान चुनने के लिए मजबूर किया। जब कि मैं अगर थोड़ा भी सोचता तो मुझे साफ-साफ यह समझ आ जाता कि तेरी अभिरुचि और प्रतिभा कला के विषयों में है। फिर भी पिछले चार-पाच सालों में तो मैंने तुझे न जाने कितनी बार तो ताने देकर, गुस्सा होकर और मुँह फुलाकर, कुछ-न-कुछ बोलकर तेरा दिल दुखाया है। जहाँ एक पिता के रूप में मेरे लिए वास्तव में सबसे स्वाभाविक भावना क्या है? तुझे देखते ही मेरे हृदय में प्यार भर आता है। लगता है, तुझे गले लगाकर चूम लूँ, तेरी एक-एक खासियत के लिए तेरे कन्धे थपथपाऊँ और तुझे जो सीखना आवश्यक है, वह संयमपूर्वक सिखाऊँ। लेकिन हाय-हाय में मेरे भीतर का एक सहज पिता भी समाप्त हो गया।

आज तुम जिस नीरसता, हताशा और आत्मविश्वास की कमी का सामना कर रही हो, उसका अपराधी मैं हूँ, बेटा। यदि तू मुझे माफ कर दे या एक और मौका दे तो मैं अपनी गलतियों को सुधारने और सब कुछ ठीक करने की कोशिश करना चाहूँगा, पर उससे पहले मुझे परीक्षित के लिए माफी माँगनी है।

इनसान अगर गलत रास्ते पर हो तो वह सीखता भी गलत ही है। नियति के उदाहरण से शिक्षा लेकर मैंने परीक्षित को पाँचवीं कक्षा में ही ट्यूशन के चक्कर लगवाने लगा। उसके खेलकूद पर प्रतिबन्ध, उसके हँसी-मजाक पर रोक लगा दी। अपना हर एक मिनट वह पढ़ाई में बिजी रहे, ऐसा चक्कर मैंने चलाया और खुद पर फिदा हो गया कि मैं कितना इंटेलिजेंट हूँ! ऐसा सिस्टम बना दिया है कि बच्चू अपना वक्त बिलकुल

न खराब कर सकें। ऐसा लगता था कि बस, उसे बैल बनाकर तेल पेरने के लिए लगाना ही बाकी रह गया हो। छोटे बच्चों को अगर सोचने या कल्पना करने का अवकाश न मिले, तो उनके दिमाग का विकास भला कैसे हो पाएगा? आज के रैंकरों की हालत देखकर मुझे इतना तो समझ आया कि भागते-भागते और मार्क्स की बाजी लगाते-लगाते क्या होता है? मेरे बच्चे, तेरे चार वर्ष मैंने तुझे बालक से मशीन बनाने के पीछे गँवा दिए।

मुझे याद है कि जब तू छोटा था, तब तू अपनी बुद्धि से हमें हैरान कर देता था। ऐसी दलीलें दिया करता था कि मैं भी ताज्जुब में पड़ जाता था। तेरी हास्य-विनोद की वृत्ति पर हम सभी जोर-जोर से हँसते और तुझ पर नाज करते। तू घर में एक हीरो की तरह था। मैं और तेरी माँ तुझको देखकर गर्व से फूल जाते थे। ऐसा गजब तेरा आत्मविश्वास था। और आज? मेरा प्यारा बेटा उदास-उदास, भाग-दौड़ के तनाव में बहुत गम्भीर और चिड़चिड़ा हो गया है। ऐसा लगता है, जैसे तेरे व्यक्तित्व के एक बड़े हिस्से को मानो किसी ने जिन्दा दफ़ना दिया हो। तेरे व्यक्तित्व मानो जमीन में जिन्दा दफनाया गया है, ऐसा लगता है। एक पिता के रूप में मुझे इस बात का अपराध बोध भर गया है। बेटा, शायद यह सब तेरी समझ में न भी आए, लेकिन सचमुच मुझे ऐसा लग रहा है कि मैंने तुझे फूल जैसे खिलने की जगह मुरझाने की तरफ ले चला। यह बात मैं तुझे उदाहरण देकर समझाता हूँ।

मेरा दोस्त, राहुल, अगर पढ़ाई में उसके थोड़े कम मार्क्स आए होते, एक डॉक्टर की जगह वह अपना मनपसन्द काम कर रहा होता, पढ़ाई के साथ रिश्तों की देखभाल करना भी सीखा होता, तो फिर वह एक महल जैसे घर की जगह किसी फ्लैट में रह रहा होता। 50 लाख की जगह उसके पास 10 लाख की गाड़ी होती। लन्दन की जगह किसी छोटे शहर में सेटल होता, लेकिन वो खुश होता! उसकी शादीशुदा जिन्दगी मधुर होती, अपने बच्चों के लिए वह रोल मॉडल होता, शरीर से स्वस्थ होता तो

क्या यह बेहतर जिन्दगी नहीं होती? याद करने में और रटने में, जिन्दगी जीने का तरीका सीखना ही रह गया न? रैंकर होने की सुपिरियारिटी की भावना कब तक चली? क्या सर्टिफिकेट और मेडल आज उसका जीवन सुधारने के काम आ रहे हैं? वह लड़का भी तो होशियार ही था न, उसके अन्दर भी अनोखी प्रतिभा थी। दुनिया को तो छोड़ो, उसको खुद को भी इसकी खबर नहीं हुई। क्या यह किसी घातक आपदा से कम है? काश! रैंकर्स की जिन्दगी का आगे चलकर क्या होता है, उसके विवरण भी हमें बताए जाते!

और वह परेश, मुझे याद है कि वह वास्तव में सेवा-भाव से भरा लड़का था। दादागीरी भी करता था, लेकिन कभी किसी को कोई मदद चाहिए, तो वह हमेशा हाजिर रहता। हम सब को ऐसा लगता था कि या तो वह सोशल वर्कर बनेगा या फिर राजनीति में जाएगा, लेकिन बेचारा 'होशियार' था। इसलिए आखिर में सरकारी अधिकारी बन गया। वह कब भ्रष्ट हो गया, उसकी खबर शायद उसे खुद भी ही न हो। मनुष्य जैसे ही एक कदम नीचे उतरता है, दूसरा कदम नीचे उतरने को तैयार होता है। क्या भ्रष्ट मनुष्यों का निजी जीवन पवित्र रह सकता है? भ्रष्टाचारियों के बच्चे या तो शरम से या फिर पिता की 'ताकत' के घमंड से जीवित रहते हैं। पैसे की स्पर्धा में एक सेवाभावी लड़के की जिन्दगी की क्या उज्ज्वल सम्भावनाएँ खाक नहीं हो गईं? परेश एक निष्ठावान राजनीतिक नेता भी बन सकता था या फिर शायद समाज सेवा के किसी क्षेत्र में अपना योगदान दे सकता था। अन्तरात्मा स्वच्छ होती तो उसमें आत्मसम्मान की भावना भी कितनी ऊँची होती! खुद से अपना मुंह छिपाते हुए, पूरी दुनिया को दोष देकर जीना नहीं पड़ता। आज की तथाकथित शिक्षा ने जीवन का निर्माण किया या अन्त?

मेरे प्यारे परीक्षित की ऐसी हालत हो, ऐसा क्या मैं सपने में भी सोच सकता हूँ? मेरा बेटा मुझे कितना प्यारा है, उसके लिए मैं अपनी जिन्दगी

न्यौछावर कर सकता हूँ। लेकिन उसकी भलाई के नाम पर मैं ही उसको गहरी खाई में धकेल रहा हूँ!

झरना के पास जिन्दगी जीने के उसूल क्यों नहीं थे? क्योंकि उसके पास संगम से इतना कहने की हिम्मत नहीं थी कि मुझे अपना मनपसन्द काम करना है। उसको यह किसने सिखाया कि एक स्त्री होने के नाते उसके जीवन को होम कर देना उसका सद्गुण है? और जिस किसी ने सिखाया, वे क्या अब उसके जीवन में खुशियाँ ला सकता है? नियति कभी ऐसे संकट में फँसे, ऐसी कल्पना भी करके मेरे रोंगटे खड़े हो जाते हैं। नियति बेटा, मैं बस इतना ही चाहता हूँ कि तू अपनी मनपसन्द जिन्दगी जिए। अपने फैसले पर कभी पछतावा न हो, इस तरह से जिए।

तुम दोनों को ऐसा लग रहा होगा कि पापा हमें स्कूल में से उठानेवाले तो नहीं हैं न? तो मैं तुम्हें इतना बता दूँ कि अगर तुम ऐसा चाहो तो अब मुझे बिलकुल फर्क नहीं पड़ेगा, पर यह मेरी बात का मुख्य बिन्दु नहीं है।

तुम अभी छोटे हो, इसलिए मैं तुमसे कहना चाहता हूँ कि शायद अभी सबकुछ तुम्हारी समझ में न आए, लेकिन मैं ये जरूर करूँगा मेरे प्यारे बच्चो कि तुम्हें ऐसा न लगे कि मैं नकारात्मक तरीके से या फिर किसी उत्तेजना के आवेश में आकर आज की शिक्षण व्यवस्था के लिए भला-बुरा कह रहा हूँ या फिर मैं एक्सट्रीमिस्ट बन कर आखिरी बेंच पर बैठ गैरजिम्मेदार बकवास कर रहा हूँ। गणित के पहाड़े, भाषाओं का शुद्धीकरण, विचार शक्ति, विज्ञान आदि जीवन के लिए उपयोगी हैं ही। इतिहास, भूगोल, समाज विज्ञान वगैरह का अपना एक महत्त्व है। पर किसलिए? क्या सिर्फ नम्बरों के लिए? और दूसरी बात, क्या ये सभी एक सफल जीवन जीने के लिए पर्याप्त हैं या फिर जीवन के लिए आवश्यक बुनियादी बातों को हर किसी को खुद ही जानना पड़ता है? यह कैसी व्यवस्था है, जहाँ लाइसेंस के बिना वाहन नहीं चला सकते, डिग्री के बिना अच्छी नौकरी नहीं कर सकते, लेकिन जिन्दगी जीने के

लिए किसी ज्ञान की या किसी कौशल की कोई जरूरत ही नहीं। यहाँ सब कुछ सिखाया जाता है, सिवाय जीवन जीने के लिए जरूरी बातों के। ऐसी शिक्षा को तुम कितने मार्क्स दोगे? तुम्हें लगता है कि राहुल, परेश और झरना अपवाद हैं? नहीं बेटा, वह तो बहुत ही सामान्य किस्से हैं और इसीलिए मैं बहुत चिन्तित हूँ।

खैर, इस पत्र में शिक्षण व्यवस्था बदलने की चर्चा करने में मुझे कोई रुचि नहीं है, लेकिन आपको बचाने में तो है! शायद यह शिक्षण-व्यवस्था बदल जाए इसके इन्तजार में मैं अपने बच्चों की बलि क्यों चढ़ाऊँ? पहले तो मैं तुमसे माफी माँगना चाहता हूँ। तुम्हें भी मैंने जाने-अनजाने में घुड़दौड़ और भेड़चाल में धकेल दिया। मार्क्स के लिए स्पर्धा करने में मैंने तुम पर जो जुल्म ढाये, तुम्हारी स्वाभाविक प्रतिमा की उपेक्षा करके तुम्हें ट्यूशन की चक्की में डाल दिया। तुम्हें हाँफते हुए और घुट-घुट कर जीने को मजबूर किया। तुम्हारे सच्चे विकास और हित के बारे में सोचने के बजाय अपनी प्रतिष्ठा की वाहियात, बेतुकी चिन्ताओं के बारे में सोचते-सोचते अपने कर्तव्य से चुक गया। तुम्हें सच्चा प्रेम देने के बदले दुनिया के रूढ़िबद्धता से धोखा खाकर मैंने तुम पर जो अन्याय किया है, उसके लिए मैं दिल से तुमसे माफी माँग रहा हूँ।

जो हो गया सो हो गया। आप भी परेशान होंगे कि पापा ये सब क्या कह रहे हैं, लेकिन अब मैं क्या करूँ? पिछली गलतियाँ सुधारने के लिए जो भी मेरी समझ में आ रहा है, वही मैं अभी यहाँ लिख रहा हूँ पर मैं जानता हूँ कि यह काफी नहीं है, इसलिए जब तुम कहोगे तब हम साथ में बैठकर इस बारे में चर्चा और विचार-विमर्श करेंगे।

1. **शिक्षा यानी जीवन में सीखना और विकास करना :** मुद्दे की पहली बात यह है कि मैं चाहता हूँ कि अभी तुम सीखना (learning) सीखो, याद करना-रटना नहीं। स्कूल और ट्यूशन के लिए भागमभाग न करो तो कोई फिक्र नहीं। मैं यह चाहता

हूँ कि तुम जीवन के लिए जो उपयोगी हो, उसे सीखो। सीखने के लिए ही सब कुछ करो। अगर स्कूल में या फिर किसी वर्ग में शिक्षा नहीं दी जा रही और तुम ऐसी कक्षा में हाजिरी नहीं दे रहे तो उसकी भी मुझे चिन्ता नहीं है। हमारे यहाँ कक्षाओं में कुछ हाजिरी अनिवार्य होती है। शिक्षकों की खामियाँ ढकने के लिए शायद उसकी आवश्यकता होती है। शिक्षक बोरिंग तरीके से सिखाते है, इसलिए तो छात्रों को पकड़कर रखना पड़ता है। अनिवार्य हाजिरी शिक्षकों के आत्मगौरव का अपमान नहीं है क्या? विद्यालय या शिक्षकों की तरफ से कभी मेरे पास आपकी हाजिरी, फिर आपकी मार्कशीट को लेकर अगर कोई शिकायत आती है, तो उनके साथ मैं अपने तरीके से काम लूँगा। तुम उसकी चिन्ता मत करना। अब किसी की हिम्मत नहीं कि मुझे कह सके कि मेरे बच्चे बेवकूफ या खराब हैं।

2. **शाखा का चयन :** दूसरा, तुम्हें जो विषय या अनुशासन पसन्द है, वह चुनो। उन्हीं विषयों को चुनो, जिसके पीछे अपना पूरा जीवन देना भी रुचिकर लगे। विज्ञान मतलब महान और कला मतलब सामान्य अथवा निचले स्तर की शाखा—ऐसा भूल से भी दिमाग में मत लाना। ऐसा माननेवाले खुद को कितना भी स्मार्ट या आधुनिक समझते हों, मेरे हिसाब से वे बिलकुल ही अज्ञानी और पूर्वग्रहग्रस्त हैं। वे भेड़-बकरियों की टोली में एक और भेड़ के सिवा और कुछ भी नहीं। विज्ञान की पूजा क्या करना? आज के जमाने में बीमारियाँ बढ़ गई हैं, प्रदूषण बढ़ा है, गैजेट्स के उपयोग से समय की बर्बादी हो रही है...किस काम का है यह विज्ञान? वैसे, दोष विज्ञान का भी नहीं है, यह शिक्षा की कमी का है। विज्ञान सिखाया गया, लेकिन साथ में नैतिक मूल्य नहीं सिखाए। जो लोग बहुत ज्यादा पैसे बनाने

के लिए विज्ञान लेते हैं, वे बाद में और ज्यादा पैसा कमाने के लिए क्या-क्या नहीं करते? यही पैसा उन्हें खा जाता है। शिक्षक और विद्यालय भी अक्ल गिरवी रखकर कमाने के दृष्टिकोण की चाकरी करने लग गए हैं।

मेरा एक डॉक्टर मित्र है। वह सर्जन बना, दो-तीन साल जॉब की और फिर करोड़ों रुपयों का लोन लेकर उसने एक हॉस्पिटल खोला। मुझे कह रहा था कि यार, किश्त भरनी है, इसलिए जरूरी न हो तो भी कमाई के लिए मरीज को ग्लकोज की बोतल चढ़ानी पड़ती है। जब उसका अपराध बोध असह्य हो गया, उसने हॉस्पिटल बन्द कर दिया और फिर से जॉब पर लग गया, पर वह बहुत बड़ा आधुनिक हॉस्पिटल भी आखिरकार इन्हीं समीकरणों से चल रहा था। अन्ततः वह गाँव की एक संस्था से जुड़ गया। अब वह शान्ति से सो सकता है। अपनी सन्तानों से आँख मिला सकता है और उसके मुँह पर तेज है, किन्तु ऐसी कहानी तुम्हें कितनी बार सुनने को मिलती है?

क्या कलाकार उतना नहीं कमाते? क्या कॉमर्स करके अत्यन्त सफलता प्राप्त करनेवाले लोग हमें देखने को नहीं मिलते? और विज्ञान लेकर भी लोग गुमराह नहीं हो जाते? तो फिर यह किस प्रकार का अन्धापन है कि लोगों को विज्ञान के अलावा और कुछ दिखाई ही नहीं देता? सीधी और सरल बात तो यह है कि जिन विषयों में हम खो जाएँ पढ़ते हुए, उन्हीं विषयों में ही निपुण बनें। फिर तो दुनिया झख मारकर आपको सलाम करेगी और पैसा आपके पास सामने से चलकर आएगा। शहर में एक खास प्रकार का समोसा बनानेवाले की दुकान पर लोगों की भीड़ आती है। लोग तारीफ करते हैं और खाते जाते हैं। तो उनमें डॉक्टर्स और इंजीनियर्स भी शामिल नहीं होते?

3. **विषयों का चयन :** शाखा ही नहीं, विषयों के जो कॉम्बिनेशन अच्छे लगते हैं, उन्हें सीखो। यह किसने कहा कि किसी को गणित और चित्रकला—दोनों में प्रतिभा नहीं हो सकती? वैसे तो बहुत सारे लोग कहेंगे कि हाँ-हाँ, सही है! लेकिन गणित में कॅरियर बने, इसलिए उसमें बहुत ज्यादा मेहनत करनी है और चित्रकला को सिर्फ एक हॉबी की तरह विकसित करना है!! क्यों भाई, चित्रकला कॅरियर और गणित हॉबी, ऐसा क्यों नहीं हो सकता? ये बेतुकी बातें हैं। हृदय की आवाज सुननेवाला तो समाज की कभी कुछ सुनता नहीं, लेकिन जिनको अभी प्रयोग करना बाकी है, जो श्योर नहीं हैं, वे बेचारे ऐसे हमलों से हार जाते हैं। इसलिए तुम सिर्फ अपने दिल की आवाज सुनना। ऐसा कर पाना ही तो सच्ची शिक्षा है, पर असल में शिक्षा है कहाँ?
4. **सबसे कीमती खजाने की विरासत :** तुमने कभी ऐसा इनसान देखा है, जो नदी किनारे बैठा है, साफ स्वच्छ पानी बह रहा है और फिर भी वह प्यास से मर रहा है! ऐसे इनसान को क्या कहोगे? दूसरा एक ऐसा इनसान है, जिसके पास लाखों रुपए हैं और वह बीमार है, लेकिन वह पैसे खर्च करके स्वस्थ होना नहीं चाहता! उसे क्या कहोगे? तुम ऐसे लोगों को जो भी कहोगे, वह वैसे हर इनसान को लागू होता है, जो किताबों के पास नहीं जाता!

पुस्तकालय क्या हैं? क्या किताबों की कई सारी अलमारियाँ? पुस्तकालयों में तो मनुष्य जाति के हजारों वर्षों का ज्ञान भरा हुआ है, वह किसी जादुई नगरी से कम नहीं है। तुम गांधी जी और टॉलस्टॉय के साथ बात कर सकते हो या फिर आनेवाली सदियों की झाँकी भी किताबों में देख सकते हो! पुस्तकालय ऐसी चामत्कारिक जगह है, जहाँ हम अपनी जिन्दगी

की सीमाओं से आजाद हो सकते हैं। एक दिन में लगभग मुफ्त में कई सारी जिन्दगियों से स्वयं को जोड़ सकते हैं, लेकिन वह हम नहीं करते क्योंकि मुफ्त में मिलनेवाली चीजों की हम कीमत नहीं समझते।

बेटा, किताबें हमें भूतकाल में जाने की शक्ति देती हैं, भविष्य देखने की आँख देती हैं और वर्तमान में जीने के गुर सिखलाती हैं। एक जिन्दगी में अनेक जिन्दगियाँ जी पाने की क्षमता देती हैं। उनके साथ दोस्ती करने में थोड़ा समय लगता है, लेकिन बाद में यही दोस्ती पूरे जीवन भर साथ देती है। अरे, पूरा जीवन इस दोस्ती से ही भटक जाता है, ये भी कहें तो अतिशयोक्ति नहीं होगी। तुम दोनों तो पढ़ने के शौकीन हो ही। इस बात से मुझे राहत मिलती है। अब तुम्हें जिसमें मजा आए, वह पढ़ना।

बहुत से विद्यालय रिजल्ट खराब होने के डर से छात्रों को अतिरिक्त पढ़ने की अनुमति नहीं देते। जिन्दगी खराब हो जाए तो कोई फर्क नहीं, रिजल्ट खराब नहीं होने चाहिए! और उसके लिए बहुत सुन्दर दलीलें भी हैं; जैसे पहले कॅरियर बना लो, बाद में पूरी जिन्दगी पढ़ते रहो, फिर कौन मना करनेवाला है? मतलब, अभी भ्रष्टाचार कर लो, बाद में पूजा-पाठ कर लेना, ये ऐसी ही बात नहीं हुई? यह तो वही बात हुई न कि हमारे मकान की दीवारें बना दो, नींव बाद में आराम से डाल देंगे, क्योंकि एक तो वह दिखती नहीं है या फिर उसमें रहना नहीं है, कैसा तर्क है न? और फिर यह सुनकर दीवार बनाना शुरू कर देनेवाले को तो क्या कहें?

बेटा, यदि तुम्हें ऐसा लग रहा है कि पापा स्कूल या ट्यूशन के कट्टर विरोधी बन गए हैं, तो ऐसा बिलकुल नहीं

है। मुझे हो रही शिक्षा से परेशानी है। विद्यालयों में निरुद्देश और निरर्थक स्कूल में पढ़ाई के उपरान्त ट्यूशन की जरूरत कमजोर विद्यार्थियों को तो हैं, पर क्या कोई स्कूल या ट्यूशन ऐसी है जो यह दावा करे कि आप कमजोर हो तो ही हमारे पास आइए! कोई ट्यूशन क्लास ऐसी हैं जो किसी छात्र से यह कहे कि तुम्हें अलग से किसी ट्यूशन की कोई जरूरत नहीं। विख्यात मन्दिरों के बाहर जैसे दूर-दूर तक पूजा-पाठ के सामान की दुकानें लगी होती हैं, ताकि जरूरतमन्द भक्तों की तरफ से बिजनेस मिल जाए, बिलकुल वैसे ही परिणाम और मार्क्स के डर पर काबू पाने के लिए ट्यूशंस का व्यवसाय शुरू हुआ। ट्यूशन नहीं रखोगे तो मार्क्स कम आएँगे। फिर यह मत कहना कि तुम्हें मौका क्यों नहीं मिलता! बेचारे कौन से माँ-बाप चांस लेना चाहेंगे? कौन-सा विद्यार्थी ट्यूशन को 'न' कहने की हिम्मत कर सकेगा? क्या शिक्षा बच्चों को डरपोक बनाने के लिए और उनके डर का व्यापारिक लाभ उठाने के लिए है?

5. **जीवन की सफलता के बारे में स्पष्टता :** बच्चो, तुम क्या चाहते हो? सफल जीवन जीना न? तो पहले यह तय करो कि सफल जीवन क्या है? सिर्फ धन-सम्पत्ति? सम्बन्ध खराब हों, स्वास्थ्य खराब हो तो चलेगा? काम करने में मजा न आए फिर भी पूरी जिन्दगी वही करते जाना क्या सफल होना है? सफलता क्या है? यह अच्छी तरह से सोच लो क्योंकि यह पूरी जिन्दगी का सवाल है। तुम्हें स्वयं ही पता चल जाएगा कि तुम अपने जीवन की कीमत पर कोई दूसरी वस्तु हासिल करना नहीं चाहोगे। थोड़ा कम पैसा चलेगा, लेकिन तनाव, अल्सर और हार्ट अटैक नहीं।

6. **असफलता की आवश्यकता :** और जानते हो सफल जिन्दगी जीने की सबसे पहली शर्त, सबसे महत्त्वपूर्ण बात कौन-सी है? इसका जवाब तो आना ही चाहिए, पर कोई सिखाए तब आए न? आपने ऐसा कभी सुना है कि किसी इनसान ने बिना किसी संघर्ष या बिना किसी असफलता का सामना किए बड़ी सफलता प्राप्त की है? अगर कोई कहे कि मैं कभी असफल नहीं हुआ, मैंने वही किया जो मुझे करना था तो लोग मन-ही-मन हँसेंगे। ऐसा तो हो ही सकता। तुम बच्चे भी याद करते हो, रटते हो कि असफलता ही सफलता की कुंजी है। और इस विषय पर लम्बे लेख भी लिख देते हो, लेकिन जिन्दगी में अगर जरा भी असफलता मिले तो रोने लगते हो। हाय, वह अब मेरा दोस्त नहीं। अरे रे रे रे, विज्ञान में 5 मार्क्स कम आ गए! जैसा सोचा था वैसा नहीं हुआ...! कोई मेरी बात मानता नहीं। सफलता की सीढ़ी की तो बात ही छोड़ो, सीढ़ी का एक स्क्रू भी नजर नहीं आता। एक बात कहूँ? कोई बच्चा अगर आत्महत्या करे, तो वह एक गम्भीर घटना है, लेकिन आत्महत्या के कारण एकदम फालतू होते हैं जैसे—फेल हो गया, मार्क्स कम आएँगे, कोई डाँटेगा। बोलो, सच कह रहा हूँ न? कैसे बेकार कारण हैं। ऐसे कारणों के लिए भला क्या कोई इतना सुन्दर जीवन नष्ट देता है? बिलकुल हास्यास्पद है यह। लोग रद्दी 'असफलता ही सफलता की कुंजी है' विषय पर लिखे, उस निबन्ध का क्या हुआ?

इसलिए बेटा, असफलता का सामना करना आए तभी सफलता की सीढ़ी दिखती है। और असफलता से सीखना आता हो तभी सीढ़ी के पायदान चढ़ सकते हो। आप जब कोई कार्य हाथ में लें, तो वह नहीं क्यों होगा? 'इसे

करके ही रहूँगा।' ऐसी प्रबल दृढ़ता के साथ ले। ऐसी दृढ़ता सीखने से ही आती है। सीखना और सीखते रहने का यह विश्वास ही मेरे लिए शिक्षा की परिभाषा है। यह आत्मविश्वास नापने का थर्मामीटर यदि विज्ञान बनाए तो शिक्षण व्यवस्था की पोल खुल जाए। अपनी मेहनत के बल पर कुछ करनेवाले के पास और अभावों के बीच भी रह रहे किसी व्यक्ति के बच्चों में शायद महँगे स्कूल में पढ़नेवालों से अधिक आत्मविश्वास हो, ऐसे में आत्महत्या तो शिक्षण-व्यवस्था को करनी चाहिए।

इसलिए मेरे प्यारे बच्चो, क्या तुम शिक्षा प्राप्त करना चाहते हो? मुझे बताओ कि तुम्हारे पास असफलता पचाने की शक्ति है? तुम असफलता से हँसते-हँसते मिल सकते हो? असफलता का ताना-बाना अलग करके, उससे सीखकर, उसके रस को निचोड़कर, सार निकालकर, बचा-खुचा कचरा फेंकने का कौशल है तुम्हारे पास? बस, सीखने का यही कौशल सच्ची शिक्षा है। तुम उत्साहित हों, कुछ करने का जोश चढ़ा हो तो बाहर जाकर कुछ करने की कोशिश करो। असफलता मिलेगी और सीखने के अवसर दिखाई देंगे। स्कूल की जेल में कागजों पर मिली सफलता जीवन में किसी काम नहीं आनेवाली!

7. **ठोस काम करो :** यह तो स्पष्ट हो गया कि सीखने के लिए कुछ करो, ध्येय रखो, प्रयत्न करते रहो, तभी असफलता का मुक़ाबला कर सकते हो। इसीलिए कुछ करना बहुत महत्त्वपूर्ण है। दीवार पर एक कील ठोकने की कोशिश करो, फिर समझ जाओगे कि सीखने का क्या अर्थ है? हथौड़ा हाथ पर गिरेगा, कील टूट जाएगी, दीवार पर एक की जगह अनेक जगह बदसूरत सूराख पड़ेंगे, तब कहीं जाकर कील लगेगी। यह तो बहुत ही छोटा काम हुआ। थोड़ी कल्पना करो कि अगर कील का दिल

हो, उसके हाथ-पैर भी हों, और वह यहाँ-वहाँ भाग भी रहा हो, तो तुम्हारी क्या हालत होती?

हम तो सिर्फ काम शुरू करने में ही कितने नखरे करते हैं। मुझसे नहीं होगा, मुझसे अकेले नहीं होगा, किसी को पड़ी नहीं है, तो मैं क्यों काम करूँ? कोशिश करने के बाद भी नहीं होनेवाला, इसलिए मुझे अब नहीं करना हैं। मैराथन दौड़ने की घोषणाएँ करके पूरे गांव में शोर मचाया और फिर पाँच मिनट में ही हाँफने लगे और फिसल गए। मैं तो नहीं दौड़ सकता, यह मेरे वश में नहीं। जब साँस चढ़ी तब तुम्हें पता चला कि तुम कहाँ हो? तुम्हें लगा था कि दौड़ना है तो दौड़े। इसलिए शुरुआत की, लेकिन फिर विकेट गिरने में समय नहीं लगा। सफलता की सीढ़ी पर अगर साँप दिखाई देता है, तो वह साँप-सीढ़ी बन गई। इसीलिए बेटा, आत्मविश्वास जरूरी है कि हम सीखेंगे और सीखकर मंजिल तक पहुँचेंगे।

कुछ मनपसन्द काम करो, आसपास का इलाका साफ रखो, पेड़-पौधे लगाओ, मनपसन्द काम के प्रोजेक्ट लो। रट्टा मारने से कुछ नहीं होता। जितना करोगे, उतना सीखोगे। स्कूल का जीवन अगर वास्तव में जीवन का स्कूल न बने, तो उसका क्या मतलब है?

8. **अपनी अनन्यता खोजो :** शिक्षा का एक मूलभूत उद्देश्य यह भी है कि आप खुद को पहचानें, जानें। दूसरे लोगों की कॉपी करना या नकल, यह शिक्षा की विफलता है। इसलिए पहले यह पता करो कि तुम्हारी खूबियाँ क्या हैं, तुम्हारा टेलेंट क्या है, तुम्हारे कौन-से खास और विशिष्ट गुण हैं? हर एक व्यक्ति में कुछ-न-कुछ तो अलग और नया होता ही है। तुम्हें कौन-से विषय सीखने में ज्यादा अच्छे लगते हैं? तुम्हें क्या करने में

बहुत मजा आता है? ऐसा क्या है जिसे तुम पूरी जिन्दगी कर सकते हो? पैसे और कीर्ति की परवाह न हो तो तुम दुनिया को क्या देना पसन्द करोगे? तुम्हारा बस चले तो कौन-सी चीज सुधारना चाहोगे? ऐसे प्रश्नों के उत्तर में से ही तुम्हें अपने जीवन का ध्येय प्राप्त होता है। तुम्हें जो काम पूरी जिन्दगी गम्भीरता से करना पसन्द आए, वही तुम्हारी प्रतिभा, अभिरुचि और गुणों का एक अनोखा संयोजन होता है।

वह मेरा दोस्त पंकज भले गरीब था, लेकिन संस्कारी और स्वतंत्र मिजाज का था। इसलिए नौकरी के बदले व्यवसाय उसके अनुकूल साबित हुआ। युवावस्था से ही उसे बच्चे प्यारे थे। जिन बच्चों को उनके माँ-बाप से सच्चा प्रेम और मार्गदर्शन नहीं मिलता था, उनके लिए वह जो हो सके, करता था। बाद में तो उसने बच्चों की परवरिश पर कई सारी किताबें पढ़ीं। वह पैसे के लिए दुकान नहीं चलाता। उसकी दुकान में तुम्हें हिंसा जगानेवाले खिलौने, जैसे पिस्तौल वगैरह नहीं मिलेंगे। उसकी दुकान में सिर्फ एजुकेशनल खिलौने ही मिलेंगे और वह हर ग्राहक माता-पिता को यह बताता है कि इन खिलौनों से किस उम्र के बच्चे का और किस तरह से विकास हो सकता है...!

वैसे लोग जो एक अच्छा जीवन जीते हैं, जिन्होंने अपने लक्ष्य प्राप्त कर लिए हैं, उनको जब बहुत नजदीक से देखोगे तो पाओगे कि वह स्वयं का समझते हैं। वे न किसी की नकल करते हैं न ही सिर्फ पैसे कमाने को जीवन का मूल उद्देश्य मानते हैं।

9. **समय ही जीवन है :** जीवन की सफलता के बारे में एक दूसरी महत्त्वपूर्ण बात यह है कि समय का अच्छी तरह उपयोग करें।

फिर भी इतनी छोटी-सी बात लोगों की समझ में नहीं आती कि तुम्हारा समय ही तुम्हारा जीवन है! कोई किसान खेत के कोने में बैठकर पत्ते खेल रहा हो और आशा कर रहा हो कि चार महीने बाद उसकी फसल बहुत अच्छी होगी, तो वह हमें कितनी मूर्खता भरी बात लगेगी! तुम खेलो, एक्सरसाइज करो, अच्छी किताबें पढ़ो, डायरी लिखो, मनपसन्द प्रवृत्ति विकसित करते जाओ तो यह सब धीरे-धीरे आपका जीवन गढ़ेंगे। आप ट्यूशन जाएँ, पर अपने मनपसन्द विषयों के लिए और अपनी प्रतिभा को और ज्यादा निखारने के लिए! मार्क्स के डर से या फिर बोरिंग विषयों को सीखने के लिए नहीं। जैसे कि तुम्हें नृत्य पसन्द है, तो बहुत अच्छे से अच्छे शिक्षक ढूँढ़ निकालो, उनकी ट्यूशन लो, मेहनत करो और अपनी निपुणता को और विकसित करो। जब मैं तुम्हें यह कह रहा हूँ कि क्लास या स्कूल जाना छोड़ दो तब भी कोई समस्या नहीं है तो उसका मतलब यह है कि तुम और ज्यादा महत्त्वपूर्ण काम करने में अपने समय का अधिक उपयोग कर पाओगे।

मेरे कहने का मतलब यह भी नहीं है कि आराम मत करो या फिर मस्ती न करो। अच्छा खाओ, पियो, जोर-जोर से हँसो, पूरी नींद लो। छात्रों को परीक्षा की इतनी चिन्ता हो जाती है कि उनकी नींद भी ठीक से पूरी नहीं होती। इसलिए न तो वे आराम कर पाते हैं न उनकी पढ़ाई होती है। कुछ फायदा है? तुम्हें यह मूर्खता लगेगी, लेकिन कोशिश करोगे तो पता चलेगा कि खुद पर और खुद के मन पर नियंत्रण करना सीखना कितना मुश्किल है? जिस काम को करो, उसे पूरे मन से करना ही सीखने की इच्छा का लक्षण है। इसलिए सोने के समय सिर्फ सो और खेलते समय सिर्फ खेलो।

10. आई.क्यू. और ई.क्यू. : आखिर में सबसे महत्त्वपूर्ण मुद्दा है—भावनाओं के रचनात्मक विकास का। वास्तव में तो यह मुद्दा सबसे पहले तुम्हारे सामने रखना चाहता था। हमारी शिक्षण व्यवस्था सब कुछ बुद्धि के विकास के लिए करती है, भावनाओं के विकास के लिए कुछ भी नहीं मानो इनसान के अन्दर भावनाएँ हैं ही नहीं या फिर भावनाओं का कुछ महत्त्व ही नहीं है...!!

सीखने की प्रक्रिया तो न जाने कितनी भावनाओं से जुड़ी हुई है। पहले तो कुछ-न-कुछ नया करने की हिम्मत चाहिए, मगर लोग तुम पर हँसे या तुम्हारी सोच का मजाक उड़ाए, उसे सहने की शक्ति चाहिए। कोई पेचीदा काम अच्छी तरह से करने के लिए संयम चाहिए। अगर मनोवांछित नहीं हुआ, तो उससे हमारे उत्साह में कमी नहीं आनी चाहिए। सम्बन्धों के विकास के लिए दूसरे लोगों के प्रति आदर और प्रेम होना चाहिए। गुस्सा, ईर्ष्या, लालच जैसे भावों पर नियंत्रण होना चाहिए।

बात करना मुश्किल लगा तो मोबाइल तोड़ दिया। किसी ने थोड़ी-सी आलोचना की तो भ्रमित हो गए और उसका अपमान कर दिया। यदि मनचाहा नहीं हुआ, तो बहुत गुस्सा आया। असफलता मिली तो कमरे में जाकर गुमसुम बैठ गए या फिर चादर ओढ़कर सो गए और कोशिश करना छोड़ दिया। अगर भावनाएँ ऐसी बेकाबू हो जाएँ तो सोचो, क्या होगा? लक्ष्य मिलेगा? सम्बन्ध सुधरेंगे या फिर बिगड़ जाएँगे? जीवन खुशहाल होगा या जिन्दगी सफल होगी? जरा सोचो और यह भी ढूँढ़ो कि तुम्हारे विद्यालय के अभ्यास-क्रम में ऐसी भावनाओं को विकसित करने के लिए कोई विषय है?

बुद्धि और भावनाओं के बीच, जैसा शरीर के दाएँ और बाएँ हिस्से जैसा सम्बन्ध है। एक कल्पना करो कि किसी बालक का जन्म हुआ है। उसके शरीर के बाएँ तरफ का भाग खूब विकसित हो रहा है। मसल्सवाला बायाँ

हाथ और मजबूत बायाँ पैर, लेकिन दाहिना हिस्सा वैसे का वैसा ही रहा, जैसे छोटे बच्चे के हाथ-पैर। वह इनसान कैसा लगेगा? वह तो इनसान भी नहीं लगेगा। आजकल कुछ ऐसा ही है। मनुष्य बुद्धिमान तो बन गया है, लेकिन भावनापूर्ण नहीं बनता। मर्सिडीज कार में दाहिनी तरफ ड्राइवर के साइड में कार के पहिए की जगह साइकिल का पहिया फिट करके चलाएँ, तो क्या होगा? साइकिल का पहिया तो थोड़ी ही दूर जाकर टूट जाएगा, लेकिन साथ ही महँगी मर्सिडीज भी बेकार हो जाएगी। भावनाओं का पहिया कमजोर हो, तो बहुमूल्य मनुष्य जीवन की भी यही हालत होती है।

इसलिए जिन्दगी में कठिनाइयाँ आएँ तो यह समझो कि ये खुद को मजबूत बनाने के अवसर हैं। तुमने अब तक यह अनुभव किया ही होगा कि अगर किसी के साथ हमारी दोस्ती टूट जाती है तब तुम क्या करते हो? दोस्त की खामियाँ ढूँढ़ते हो या फिर खुद में बदलाव लाकर परिस्थिति बदलने की कोशिश करते हो? मैं ऐसा नहीं कहता कि हमेशा तुम्हारा ही दोष हो, लेकिन हम हमेशा और ज्यादा अच्छे बनकर, कुछ नया और अलग तो कर ही सकते हैं। सारांश यह है कि अगर तुम ध्यान दोगे तो तुम्हें समझ आ जाएगा कि खुद को बदलकर तुम बाहर भी बहुत कुछ बदल सकते हो।

बस, अभी तो इतनी ही बातें कहनी थीं। अब मैं चाहता हूँ कि जो सही है तुम वही करो, दुनिया गई भाड़ में। यह जानने के बाद कि सत्य क्या है, मैं तुम्हें प्रेम करनेवाले एक पिता के नाते जीते जी कैसे मरने दूँ? कैसे तुम्हें मुरझाने के लिए छोड़ दूँ? कैसे तुम्हें खिलने का अवकाश न दूँ?

तुम ट्यूशन तो क्या स्कूल भी छोड़ दो? अगर तुम चाहो तो मुझे कब शरम नहीं आएगी कि हाय-हाय जब मेरे बच्चे स्कूल-कॉलेज नहीं जाते हैं, लेकिन मूल बात यह है कि सब तुम निश्चित करो। तुम अपने दिल की बात सुनो, अपनी जिन्दगी अपने हाथ में लो। आज स्कूल छोड़ दिया और फिर कल अगर पछतावा हो तो फिर से ज्वॉइन कर लो।

गलती हो गई तो सुधार लो। बस, तुम्हें अपनी जिन्दगी बनानी है और तुम्हें अपने फैसले लेने की पूरी आजादी है। समझ गए? पिता के रूप में मेरा कर्तव्य है तुम्हें सच्ची राह बताना, तुम्हारे अन्दर विश्वास जगाना और हर कदम तुम्हारा साथ देना। ये बातें अब मुझे अच्छी तरह से समझ में आ गई हैं। मैं तुम पर कभी दबाव नहीं डालूँगा—न सीखने के लिए, न ट्यूशन जाने के लिए, न विवाह, या किसी सामाजिक कार्यक्रम में आने के लिए। दुनिया की नजरों से तुम्हें तौलते हुए मैं खुद ही भटक गया था, तो फिर तुम्हें क्या राह बताता? मेरा यह पूरा कथन अगर तुम्हारे गले न उतरे तो वह भी मत मानना। तुम्हें जो सही लगता है, वही करना। इसलिए तुम्हें मेरा साथ, मेरे प्यार की ऊष्मा, मेरा सहयोग, मेरी समझ, मेरा लाड़-प्यार, मेरा प्रोत्साहन और मेरा विश्वास देने का वचन दे रहा हूँ। यही मेरी गलतियों का प्रायश्चित्त है।

मैं चाहता हूँ कि तुम खुद जिम्मेदारी उठाओ और निर्णय लो ताकि कल तुम्हें अपने जीवन के लिए मुझे या किसी और को दोष न देना पड़े। जो तुम चाहते हो, तुमने जो करने की ठानी है, वही करो और उसके परिणामों की स्वीकार भी करो। गलतियाँ करो, असफल होओ और सीखते-सीखते जीवन की भव्यता का अनुभव करो। एक पिता के नाते तुम्हें दे सकता हूँ, ऐसी एक सर्वश्रेष्ठ वस्तु मेरे पास है। मैं और तुम्हारी माँ जहाँ सच्चा प्रेम और सच्चा जीवन जीने की सीख लेने जाते हैं, वहाँ किशोरों के लिए भी अच्छी शिक्षा दी जाती है। अगर तुम वहाँ जाओ, तो तुम्हें भी उसका लाभ होगा, ऐसा मुझे लगता है। ट्राई करो।

तो मेरे प्यारे बच्चो, परीक्षित और नियति, एक बार फिर से मैं सच्चे दिल से तुम दोनों से माफी माँग रहा हूँ!

हमेशा तुम्हारा,
पापा

आसान नहीं है इस सत्य का अनुसरण करना

मुझे पता है कि इस पत्र के रूप में लिखी हुई बातें बहुतों को खटकेंगी। सभी माँ-बाप अपने बच्चों को दिलो-जान से प्यार करते ही हैं। मेरी उनसे गुजारिश है कि वे इस पत्र की बातों पर गम्भीरता से विचार करें क्योंकि यह आपके बच्चों के जीवन का सवाल है। बच्चों की शक्तियाँ और सम्भावनाओं में विश्वास न करके हम माँ-बाप के रूप में बहुत बड़ी गलती करते हैं। बच्चों में आत्मविश्वास का अभाव होने की वास्तविक जड़ें उन्हें देखने के हमारे इस झूठे नजरिए में हैं।

स्कूल और शिक्षकों की भावनाओं को चोट पहुँचे, ऐसी सम्भावनाएँ अधिक है। मेरा आपसे यही कहना है कि इस पत्र में सत्य कहने के अलावा मेरा दूसरा कोई इरादा नहीं हैं। मैं भी एक शिक्षक ही हूँ। हम सब झूठी शिक्षा प्रणाली के शिकार बने हुए हैं। समझदार विद्यालय और शिक्षकों से मेरी यही विनती है कि प्रश्न उठाइए। जितना हो सके, उतना सही करने का अभियान शुरू कीजिए। मुझे विश्वास है कि ऐसी नैतिक हिम्मत दिखानेवालों की आज भी कोई कमी नहीं है।

और बच्चो, मैं भी तुम्हारे माँ-बाप की जगह ही हूँ। हम बहुत बार दुनिया के प्रवाह में आकर तुम पर अन्याय कर बैठते हैं। हमें भी किसी ने यह सब सिखाया नहीं था। इसलिए हमारी उन भूलों के लिए हमें माफ कर दो। तुम समझने की कोशिश करोगे, तो समझ जाओगे कि

किसी माँ-बाप का इरादा कभी भी बुरा नहीं होता। सभी गलतियाँ अन्त में अज्ञानता के कारण होती हैं।

समाज के लिए इतना ही—शिक्षा की आज क्या हालत है? उसका घर जल रहा है! अन्दर फँसे हुए बच्चों में से जितने को बचा सकते हो उतने बच्चों को हमें बचाना चाहिए। शिक्षा का नया घर बनाना पड़ेगा। भव्य मकान, टेक्नोलॉजी, ऊँची फीस वगैरह से मोहित होकर धोखा मत खाइए। बच्चों की शिक्षा को, बच्चों की सच्ची शिक्षा को शिक्षण प्रणाली के हवाले कर देना, मतलब एक शेर के बच्चे को सर्कस में भेजने के बराबर है!

—संजीव शाह

परिशिष्ट

परीक्षा

शिक्षा की!

सभी शिक्षित करें सवाल!

- क्या परीक्षा ही शिक्षा बन गई है?
- क्या शिक्षा अपने उद्देश्यों को पूरा कर पा रही है?
- वर्तमान शिक्षापद्धति हानिकारक है या लाभदायक?

प्रश्न पूछने में सक्षम होना तो सच्ची शिक्षा की निशानी है...
हम शिक्षा व्यवस्था से सवाल क्यों नहीं करते?

—संजीव शाह

शिक्षा कहती है...

"मैं सत्ता की दासी नहीं हूँ, कायदे की कनीज़ नहीं हूँ।
विज्ञान की सखी नहीं हूँ, कला की प्रतिहारी नहीं हूँ,
अर्थशास्त्र की बाँदी नहीं हूँ,
मैं तो धर्म का पुनरागमन हूँ।
मनुष्य के हृदय, बुद्धि एवं सभी इन्द्रियों की स्वामिनी हूँ।
मनोविज्ञान और समाजशास्त्र, ये दोनों मेरे पाँव हैं।
कला और कारीगरी मेरे हाथ हैं।
विज्ञान मेरा मस्तिष्क हैं। धर्म मेरा हृदय है।
निरीक्षण और तर्क मेरी दो आँखें हैं।
इतिहास मेरे कान हैं। स्वतंत्रता मेरी साँस है।
उत्साह और उद्यम मेरे फेफड़े हैं।
धैर्य मेरा व्रत है। श्रद्धा मेरी चेतना है।
ऐसी मैं जगदम्बा हूँ,
मेरी उपासना करनेवाला और किसी का पराधीन नहीं रह सकता।
उसकी सभी मनोकामनाएँ मेरे द्वारा परितृप्त हो सकती हैं।"

—काका कालेलकर

शिक्षा का उद्देश्य

शिक्षा का उद्‌देश्य बच्चे को
खुशहाल इनसान बनाना है
या दु:खी, निराश और नकारात्मक बनाना?
बालक को आनन्दपूर्वक जीवन जीने हेतु
सक्षम बनाने के लिए शिक्षा क्या करती है?

क्या शिक्षा
स्कूल और कॉलेज जाने से
डिग्री और सर्टिफिकेट हासिल करने से ही
ली जा सकती है?
या फिर जीवन में
किस तरह निरन्तर सीखते रहना है
यह सिखलाना शिक्षा का उद्‌देश्य है?

क्या शिक्षा केवल विषयों में मिले अंकों को
महत्त्वपूर्ण मानती है?
क्या बालक के चारित्रिक गुणों का
कोई मूल्य नहीं है?
पाठ्य-क्रम में मानव-निर्माण का
कोई स्थान क्यों नहीं है?

क्या परीक्षा में मिले अंकों और सर्टिफिकेट के सहारे ही
जीवन सफल बनता है
या फिर सच्चे आत्मविश्वास से?
क्या शिक्षा सभी बच्चों का
आत्मविश्वास बढ़ाती है
या फिर उसे हानि पहुँचाती है?

क्या शिक्षा कोई चीज-वस्तु है,
जिसे खरीदा जा सकता है?
जो अमीर हैं वे डोनेशन देकर
या फिर रिश्वत देकर
अपने बच्चों को एडमिशन से लेकर
डिग्रियाँ और मेडल तक दिलवाते हैं—
शिक्षा यह सब सहन क्यों करती है?

किन्हीं दो छात्रों की तुलना करना
कितना सही और उचित है?
किसी एक को गणित में उच्च अंक प्राप्त हुए
तो अन्य छात्रों को
उसके उदाहरण का
अनुसरण क्यों करना चाहिए?
क्या शिक्षा विद्यार्थियों को
अनन्य मानव नहीं,
बल्कि एक जैसे यंत्रमानव बनाना चाहती है?

डिग्री प्राप्त करने के बाद छात्र
जब वास्तविक जीवन में, काम-धन्धे में लगते हैं,
तब अधिकांश छात्र कोई भी काम क्यों नहीं कर पाते हैं?
उन्हें नए सिरे से प्रशिक्षित करने की
आवश्यकता रहती है।
तो क्या शिक्षा
अपने ऐसे उत्पाद से सन्तुष्ट है?

श्रेष्ठ वैज्ञानिक सुन्दर चित्र नहीं बना सकता
और श्रेष्ठ कलाकार सफलतापूर्वक व्यवसाय
नहीं कर सकता है।
फिर भी, यह कितनी विचित्र शिक्षा-प्रणाली है
जो विज्ञान की पूजा करती है
और अन्य क्षेत्रों को दुत्कारती है।
क्या शिक्षा पूर्वग्रह-ग्रस्त है?

क्या जीवन में सफलता का
धन-सम्पत्ति सबसे बड़ा मापदंड है?
क्या शिक्षा यह मानती है कि
सभी छात्र खूब अमीर बन जाएँ,
तभी शिक्षा का उद्देश्य सिद्ध होगा?

विद्यालय और व्यवस्था

क्या आधुनिक शिक्षा अर्थात्
भौतिक सुविधाएँ, एयर कंडीशंड कक्षाएँ,
कम्प्यूटर जैसे उपकरण और
आधुनिक भाषाओं में सिखाए जानेवाले
कठिन-कठिन विषय
शिक्षा के मूलभूत उद्देश्य
बेहतर तरीके से सिद्ध हों,
उसका आधुनिकता से कोई लेना-देना नहीं है?

यदि छात्र परीक्षा में अच्छा प्रदर्शन करता है,
तो विद्यालय ढोल पीट-पीटकर
अपना गौरव धोषित करते है!
तो फिर अगर छात्रों के परिणाम खराब आए,
तो क्या उसकी जिम्मेदारी भी
विद्यालयों की नहीं कही जाए?

स्कूल में कई छात्र पढ़ते हैं,
उनमें से केवल कुछ 'टॉपर' छात्रों की ही
प्रशंसा की जाती है।
इससे अधिकांश छात्रों में
लघुताग्रंथि अर्थात् इंफीरियॉरिटी काम्प्लेक्स
आ जाए तो क्या वह शिक्षा को मंजूर है?

शिक्षा का उद्‌देश्य क्या है?
स्कूल बच्चे के लिए है
या फिर बच्चा स्कूल के लिए है?
बच्चे को किसी भी तरह से
स्कूल के अनुकूल होना है
या स्कूल को बच्चे के विकास के
अनुरूप बनाना है?

जेलों में सब कुछ अनिवार्य होता है,
कोई स्वतंत्रता नहीं होती,
आदेश का पालन न करो तो सजा दी जाती है, डंडे पड़ते हैं।
सब कुछ घंटी बजने की सख्त नियमितता के साथ होता है।— तो स्कूल और जेल में क्या अन्तर है?
क्या शिक्षा बालकों को
विद्यालयरूपी जेल में यातना देने के लिए है?

क्या शिक्षा खरीदने-बेचने का व्यवसाय है?
सबसे अधिक और सबसे जल्दी
धन कमाने का व्यवसाय है?
खरीद शक्ति को उच्च शिक्षा के साथ
जोड़नेवालों को अन्दाजा भी है कि
वे कितने जड़ बन चुके हैं?

स्कूलों में सीखनेवाले
होशियार और कमजोर बच्चों के
अलग-अलग वर्ग रखे जाते हैं।
इसका बच्चों के मानस पर क्या असर होता है,
उसका उन्हें कोई अन्दाजा है?
शिक्षा का कार्य विभाजन करना है या
स्वस्थ समुदाय का निर्माण करना?

पाठ्यक्रम

एक औसत छात्र के
जीवन को सार्थक, आनन्ददायक और विकासशील
बनाने में
रूप बने ऐसी, मदद करनेवाली,
अत्यन्त उपयोगी कही जा सके, वैसी
कितनी बातें सिखाई जाती हैं?

प्रत्येक छात्र की अनन्यता—उसकी अभिरुचियाँ,
उसकी प्रतिभा,
उसके सपने, उसके सहज गुण,
उसके कौशल आदि को
वह स्वयं पहचान पाए और विकसित कर सके,
इसमें शिक्षा
क्या कोई महत्त्वपूर्ण भूमिका अदा करती है?

हल्दीघाटी में मुगल सल्तनत के बादशाह
अकबर की सेना का राजपूत राजा
महाराणा प्रताप के साथ
युद्ध किस साल हुआ था,
वह रटकर बालक को
जीवन में क्या लाभ मिलनेवाला है?

सभी बालक पाठ्य-क्रम के सभी विषयों में
अधिक अंक लाएँ तो ही होशियार,
ऐसा मापदंड क्यों चलाया जाता है?
किसी छात्र को किसी विषय में
अभिरुचि न हो
और कम अंक मिले हों,
फिर भी वह होशियार क्यों नहीं हो सकता?

जो सिखाया जाता है,
उसका जीवन में क्या उपयोग है?
क्यों रट्टा मारना है, ज्यादा प्रतिशत अंक क्यों लाने हैं?
इन सबसे विद्यार्थी को
जीवन में क्या लाभ होता है,
उसे जाने बिना विद्यार्थियों पर
इतना अधिक अत्याचार किसलिए?

परीक्षाओं में केवल रट्टा मारने को
इतना ज्यादा महत्त्व क्यों दिया जाता है?
क्या विद्यार्थियों को अपना जीवन
रटने की क्षमता के आधार पर
जीना होता है?

कोई विद्यार्थी स्कूल में
सिखाए जानेवाले विषयों में से
किसी एक में या फिर सभी विषयों में
कमजोर हो या फेल हो जाए,
तो क्या वह विद्यार्थी बेवकूफ और कमजोर है?
क्या उसका कोई भविष्य नहीं? क्या शिक्षा ऐसा मानती है?
क्या यह सत्य है?

शिक्षा पद्धति और शिक्षक

छात्रों को सिखाने की जिम्मेदारी
स्कूल और शिक्षकों की होती है,
और विद्यार्थी अनुत्तीर्ण हो,
तो क्या वह शिक्षण की भी असफलता नहीं है?
वास्तव में क्या यह नहीं कहा जा सकता कि
शिक्षण भी अनुत्तीर्ण हुआ है?

जेल में अनुशासन का पालन कराने के लिए
जेलर होता है,
जो कैदियों को सीधा रखने के लिए
उनका अपमान करता है, उनको डंडे मारता है,
उनको सजा दे सकता है।
स्कूलों के शिक्षक भी लगभग ऐसा ही करें,
क्या शिक्षा ऐसा चाहती है?

क्या शिक्षा ऐसा मानती है कि
छोटी उम्र में बालक हमेशा नादान ही होते हैं?
जिनके मार्क्स कम आएँ वे बुद्धू ही होते हैं?
तो वाकई में फिर क्या शिक्षण को ही
नादान और बुद्धू नहीं कहना चाहिए?

छात्र की
अभिरुचि क्या है? उसकी प्रतिभा किसमें है,
उसके स्वप्न और अरमान क्या हैं,
उसको खुशी किसमें मिलती है,
वह अपने सम्बन्धों में किस तरह जीता है—
क्या इन सबका शिक्षा के लिए कोई महत्त्व है?

विद्यार्थियों को कोई पाठ
बार-बार लिखने को कहा जाता है।
उससे क्या सिद्ध होता है?
क्या शिक्षक हमेशा 'होमवर्क' कर के सिखाने
आते हैं?
या फिर शिक्षकों को ऐसी लापरवाही करने की छूट है,
विद्यार्थियों को नहीं?

क्या शिक्षकों को जरा-सा भी अहसास है कि
वे समाज का सबसे उच्चतम गौरवप्रद स्थान
और उत्तरदायित्व धारण करते हैं
और उनके हाथों से भविष्य तथा
मानवता का निर्माण हो रहा है?
अगर उनको ये अहसास हो,
तो भला उनका आचरण अधम हो सकता है?

बालकों को बार-बार 'बेवकूफ', 'बुद्धू', 'नालायक',
और ऐसे अनेक अपमानजनक
विशेषणों से सम्बोधित करना
शिक्षकों को शोभा देता है?
बालकों के मस्तिष्क पर इसका कितना भयंकर बुरा
असर होता है,
शिक्षकों को इसका अन्दाजा है?

अनुशासन और सजा

कहते हैं कि,
‘छड़ी लगे चम-चम, तो विद्या आए धम-धम’
क्या यह कहावत शिक्षाविदों ने बनाई है?
क्या यह मंत्र कॉलेज के युवकों, शिक्षकों और
व्यावसायिकों आदि
पर भी लागू होता है
या सिर्फ बच्चों पर ही?

विद्यार्थियों को समय का पालन करना,
शान्त और चुप रहना जैसे
नियमों का अनुसरण करना होता है,
और यदि वैसा न करें, तो उन्हें सजा हो सकती है।
क्या शिक्षक ऐसी शिक्षा का
अनुसरण कर सकते हैं?

अगर छात्र कोई भूल करे
तो उसे तुरन्त दंडित किया जाता है
क्योंकि भूल करना भयंकर बात है।
भूल और असफलता के भय से
काँपते छात्रों को शिक्षा
किस तरह का मनुष्य बनाना चाहती है?

बच्चों पर
अनेक प्रकार का अनुशासन लादनेवाले और
उनको सुधरने का उपदेश देनेवाले
शिक्षकों का खुद का
आचरण और अनुशासन किस स्तर का है?
क्या उनमें आत्म परीक्षण की
हिम्मत और ईमानदारी है?

क्या बच्चों को अनुशासन में रखना,
थोड़ा-सा भी तूफान-मस्ती न करने देना,
उनसे नियमों का कठोरता से पालन करवाना
और इस प्रकार बाहर से समझदार-विवेकी बना देना,
क्या यही विद्यालयों की महान उपलब्धि है?

शिक्षा बच्चों को निर्भय बनाने में
यकीन रखती है या भयभीत रखने में?
पूरे दिन छात्रों के साथ
जो व्यवहार होता है, वह बच्चों को
भयभीत करता है या फिर निर्भय बनाता है?
शिक्षा को वाकई में थोड़ा-सा भी अन्दाजा है
कि वह वास्तव में क्या कर रही है?

क्या शिक्षा यह मानती है
कि ज्यादातर बच्चे
बिगड़े हुए ही होते है,
और डरा-धमकाकर मार-पीटकर
उन्हें सुधारना,
यही शिक्षा का उद्देश्य और महासिद्धि है?

परीक्षा और परिणाम

क्या परीक्षा ही शिक्षा है?
क्या परीक्षाओं में ज्यादा अंक पाकर,
उच्च कहे जानेवाले पाठ्यक्रमों में दाखिल होकर,
ऊँचे वेतन वाली नौकरी पाने के सिवा
शिक्षा का कोई अन्य लक्ष्य बचा है?

परीक्षा के लिए रट्टा मारकर उत्तीर्ण होना,
फिर दूसरी परीक्षा तक सब कुछ भूल जाना,
—बच्चों को
इस प्रक्रिया में बड़ी मुश्किल से लगाए रखना
क्यों महत्त्वपूर्ण है?
इससे कौन-सा उद्देश्य सिद्ध हो रहा है?

परीक्षा में किस विषय में कितने अंक आए
क्या यही छात्रों का वास्तविक और समग्र
मूल्यांकन है?
क्या उनकी अन्य प्रतिभाओं, सदगुणों
और सद्व्यवहार का कोई मूल्य नहीं है?

किसी भी छात्र की सच्ची पहचान
उसका समग्र चरित्र और व्यक्तित्व है,
या फिर केवल उसकी मार्कशीट?
छात्र की अनन्य और सम्पूर्ण पहचान में
परीक्षा के अंकों का
महत्त्व और अनुपात कितना होगा?
1 % या फिर 100 %?

क्या सिर्फ मार्कशीट ही बुद्धिमानी होने का प्रमाण है?
क्या परीक्षा की मार्कशीट
छात्र का पहचान-पत्र है?
क्या मार्कशीट
निष्फलता और कमजोरी का सबूत है?
क्या मार्क्स ही
छात्रों के जीवन के लिए आखिरी फैसला है?

परीक्षा में फेल यानी जीवन में भी फेल—
क्या शिक्षा यही साबित करना चाहती है?
क्या कम पढ़े या अनपढ़ लोग
जीवन में सफल नहीं होते?
परीक्षाओं में कम अंक पानेवाले और असफल लोग
क्या अच्छी जिन्दगी नहीं जीते?

छात्रों को आत्महत्या करने का
विचार क्यों आता है?
परीक्षा का खराब रिज़ल्ट जीवन का अन्त नहीं है,
शिक्षा उनको ये क्यों नहीं सिखाती?

अन्य

शिक्षा का उद्‌देश्य क्या है?
बच्चे खुशहाल विश्व-नागरिक बनें,
ऐसे शिक्षा संस्थानों का निर्माण करना
या दु:खी, आत्मविश्वासहीन
इनसानों की फैक्ट्री बनाना?
शिक्षा आज क्या कर रही है?

छात्र अपनी शिक्षा पूरी करें
और अपने पैरों पर खड़े हों,
उस समय रट्टा मारने की आदत
और रट्टा मार कर प्राप्त किया हुआ सर्टिफिकेट
कितना काम आएगा?
शिक्षा वास्तविक जीवन से
एकदम अलग और अप्रस्तुत क्यों है?

खूब खर्च करके
तथाकथित उच्च डिग्रियाँ प्राप्त करना,
और फिर इस 'निवेश' को वसूलने के लिए
लोगों को लूटना, उनका शोषण करना
और अधिक से अधिक धन कमाते रहना—
क्या शिक्षा को अपने ऐसे
'होशियार' छात्रों पर गर्व होगा?

उच्च शिक्षा प्राप्त करने के बाद भी कुछ नागरिक
भ्रष्टाचार क्यों करते हैं?
वे किस वजह से
संवेदनशील, ईमानदार और जिम्मेदार
नागरिक नहीं बन पाते?